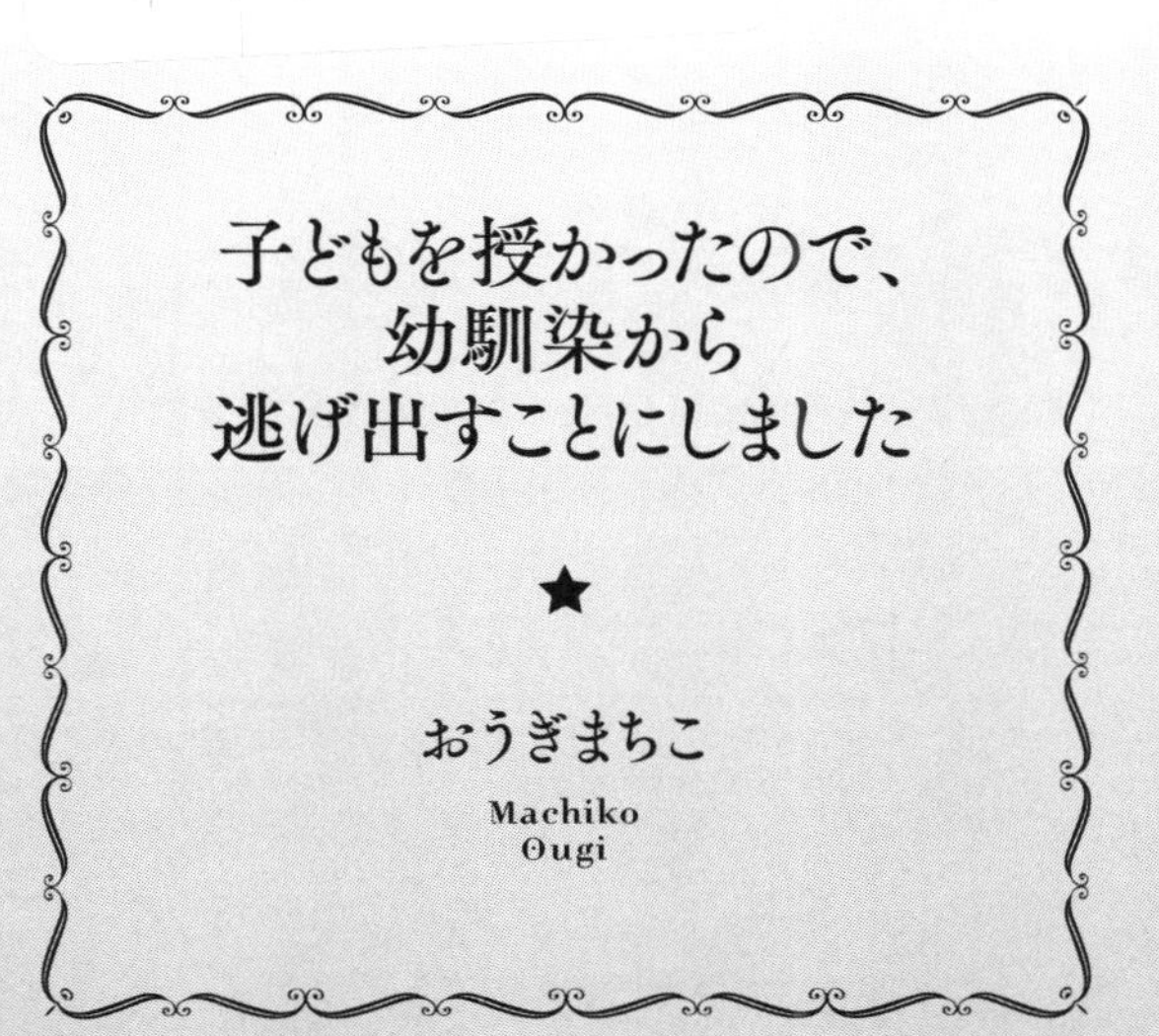

子どもを授かったので、幼馴染から逃げ出すことにしました

★

おうぎまちこ

Machiko Ougi

目次

子どもを授かったので、幼馴染から逃げ出すことにしました

第一章　かけがえのない思い出

『イザベラというの？　良かったらついてこない？』

寒空の下、地面にうずくまっていた孤児の私に向かって、綺麗な手を差し伸べてくれた天使。

それが三歳年上の主(あるじ)——ウィリアム・ブルーム様の第一印象だった。

少年少女の頃のこと。

彼のことを幼馴染と呼ぶと失礼に値するかもしれない。

あの日をきっかけに私——イザベラは、帝国の帝都に居を構えるブルーム伯爵家の住み込みのメイドとして働くことになった。

そして、ほとんどの時間を、伯爵家の嫡男(ちゃくなん)であるウィリアム様と一緒に過ごした。

金糸(きんし)のごときプラチナブロンドの髪に、サファイアを彷彿とさせる蒼眼(そうがん)、天使のような愛らしい容姿。

それに、他者を惑わす魅了の微笑み。

老若男女問わず優しくて、非常に穏やかな少年として名を馳せていた。

だけど、どうしてか、彼は私の前だけでワガママになる。

「ああ、皆、イザベラとふたりにしてくれるかな？」

たくさんの使用人たちと一緒にいるとき、必ず彼は私だけを指名してくる。

そうして、ふたりきりになると、様々なことを命じてくるのだ。

「おい、イザベラ、なんで俺のあとをついてこないんだ、早くしろ」

「おい、イザベラ、その仕事は良いから、俺の世話に戻れと言ったはずだ」

「おい、イザベラ、そんなことはお前がやらなくて良いと何度言えば分かるんだ」

主である伯爵家の長男の言うことは聞かないといけない。私に拒否権はなかった。

しかも、彼が砕けた口調になるのは、皆が見ていないところだけでだ。

私が彼に色々と命じられていると他の人に言ったところで、おそらく誰も信じてはくれないだろう。

……とはいえその命令は、小さい子どもがワガママを言っているようなものだから、苦になることはない。

それに、ウィリアム様が呼びつけてくるのは、他の使用人たちが嫌がらせとして私に仕事を押しつけようとするときばかりだった。

また時々、彼は儀式めいた行動で私に暗示をかけてきていた。

「おい、イザベラ」

私の身体が一度ピクリと動く。

すると、彼が私の髪を柔らかく掴む。それと同時に、心臓まで鷲掴みにされたような気持ちになる。

香水だろうか、年上の彼からは爽やかな海の香りがした。

「他の男と喋ったりしてないだろうな？　とにかく男に話しかけたらダメだ……」

「め、命令でしょうか？」

そう言ってくる彼の瞳は、懇願してくる犬のようだった。

「そうだ、命令だ」

「は、はい。それなら」

私が同意すると、彼はひどく安堵(あんど)した表情を浮かべる。

「そうか、なら、それで良い。とにかく、俺以外の男はダメだからな！」

彼は顔を真っ赤にしながら、そっぽを向いた。

……どうしたのかしら？

彼に言われるがまま、仕事以外では極力、他の男の使用人たちとは口をきかないようにしていた。

そんな毎日が続き、いつしか私は思春期を迎えていた。

ウィリアム様も、少年と青年の狭間ぐらいの美少年に成長している。

しかし、小さい子どものような彼のワガママは、まだ続いていた。

大人になりきれないウィリアム様のことを、嫌だと跳ねのける女性は多いだろう。

だけど、拾ってもらったこと以外に、私には彼をどうしても嫌いになれない事情があった。

「イザベラ、やはりお前は頭は悪くないようだな。ほら、この本をやるから」

「あ、ありがとうございます」

彼はそう言って、私にこっそりと読み書きを教えてくれていたのだ。

そうして、本人曰く読み古したらしい、綺麗な装丁の本をプレゼントしてくれる。

現在、中流階級の初等教育の義務化が国を挙げて進められてはいるらしいが、学校に通うには多くのお金がかかると聞いた。労働者階級にはまだまだ厳しい現状だ。本も高価であり、なかなか手が出せるものではない。

勉強をしたり本を読んだりすることが出来るなど、元孤児の私は夢にも思っていなかった。

「俺は俺と対等に話せる人間が欲しいんだ。ほら、お前も知ってるだろう？　俺は他の者たちとは違って、すぐになんでも出来るからな」

「そうですか」

そうは言うが、素晴らしい貴族になるために、ウィリアム様が血の滲むような努力をしているのを知っていた。

優しくて努力家な彼の性格を知っていたからこそ、嫌いにはなれなかった。

「ああ、ほら、イザベラ。使用人の仕事のせいで、手が荒れてるぞ。友人に訊いたら、この香油が効くそうだから買ってきたぞ」

ころんと銀のケースに入った香油を渡された。

中からは甘い薔薇の香りがする。

……孤児だった私が抱いて良い感情ではないわ。

ウィリアム様の優しさに触れるたび、自分の胸の内に芽生えそうな何かを必死に打ち消した。

「俺が父の跡をついで、この伯爵家の主（あるじ）になったら、お前に楽をさせてやる」

彼はそんなことを、ふふんと告げてくる。

「ふふ、ありがとうございます」

こんなワガママな主人に振り回される日々がこれからもずっと続くのだろう。

ウィリアム様に拾われてからは、毎日がキラキラとした宝箱のように輝き、幸せだと感じていたのだ。

そう思っていた私は、まだ子どもだった。

第二章　果たされなかった約束と禁断の一夜

ふたりとも思春期を過ぎた。

私は少しだけ丸みを帯びて女性らしい身体つきになったと思う。

一方、ウィリアム様は、甘いマスクの精悍な青年へと成長した。

金糸のようなプラチナブロンドの髪に、サファイアを彷彿とさせる蒼い瞳は昔から変わることなく輝き続けている。金髪碧眼の者はこの国の中にも多くいるが、彼ほど煌めいた美貌を持つ青年は少ないだろう。

しかも、彼が優れているのは容姿だけではなかった。

紳士としての人格を高め、教養を学ぶためのパブリック・スクールでも、優秀な成績を修めた科目がいくつもあるそうだ。文武両道でなければ、スクールでそのような成績を残すことは出来ないので、様々なことに長けていると言える。

今やウィリアム様は、貴族の令嬢たちからも注目を浴びる、一目置かれた存在。

なんだか遠い存在になってしまったようで、私は一抹の寂しさを感じていた。

けれども、変わらないところはいくつかあった。

「やっぱり、イザベラが作るオムレットが一番美味い」

彼はそう言って、ふわふわの卵料理を好んで食べていた。

……大人になっても、変わらないところもあるのね。

変わったところ、変わらないところ。

彼の変化を見つけるのを楽しく感じていた。


あるとき、彼の部屋でコートを受け取っている最中のこと。

「おい、イザベラ」

「は、はい、なんでしょうか、ウィリアム様」

「卒業式で、最優秀賞が発表されるのを知っているか？　学業で一番優秀な成績を修めた生徒が選ばれる賞なのだが……。もし最優秀賞を得ることが出来たなら、父上が俺の望みをなんでも叶えてくれると言っていたんだ」

彼は白いワイシャツに巻いた蒼いタイを緩めながら告げてくる。

「なんでもとは、伯爵様は大きく出られたものですね」

「そうだろう？　父上も大きく出たものだが……」

そう言うと、彼は長い指を、私の頬(ほほ)に添わせた。

……最近、こうやって、触れられることが多いような？

気のせいかもしれないが、距離が近くてなんだか気恥ずかしい。

心臓がバクバクと音を立ててうるさくてしょうがない。自分の頬(ほほ)が赤らむのも感じて、ますます恥ずかしくなってしまう。

「イザベラ、俺は何を望むと思う？」

「え？」

ウィリアム様の趣味に思いを馳せてみる。

「優秀な馬や、馬術の道具でしょうか？」

「そんなの、今飼ってる愛馬がいるから、他には欲しくないよ」

「だったら、チェス盤？」

「そんなもの、もう持ってるよ。なんでさっきのよりも安いものになってるの？　まあ、俺が欲しいものは、お金で買えるものではないが」

……お金で買えないもの？　だとすれば、いったいなんだというのだろうか？

考えていると、彼がぽつりと何かを呟(つぶや)く。

「……ああ、俺の欲しいものは、鈍くて仕方がないな」

それはあまりに小さな囁きだったので、ウィリアム様が何を言ったのかが分からず、私は聞き返そうとする。

するると突然、彼の顔がゆっくりと私に近づいてきて――

「っ！」

柔らかな彼の唇が、私の唇の端に触れた。

海を連想させる香りが、ほのかに鼻腔をついてくる。

しばらく触れたあと、唇はそっと離れた。

「さすがに、ここまでしたら気づくかな。俺が何を欲しいのか……」

先ほどの倍以上、鼓動が高鳴る。

……そんな、いや、でも、まさか、あり得ない。

一瞬の思いがけない出来事に、パニックになってしまい、うまく声が出せない。

「この俺に、ここまでさせるんだから、うぬぼれても良いよ。イザベラ」

私は自分の顔が絶対に林檎よりも赤くなっている自信があった。

「今度、はっきり言うから。そうだな……卒業式の翌日はどうだろうか？　屋敷の中にある薔薇園に来てくれ。絶対に最優秀賞だからさ」

彼にそう言われ、こくこくと私は頷く。

そうして数日後には、ウィリアム様は予言通り、パブリック・スクールを最も優秀な成績で卒業することになった。

その翌日、彼に呼び出された薔薇園へと私は足を運ぶ。

薔薇の甘やかな香りが、仕事で疲れた身体を包み込んできた。

「もうすぐ、約束の時間ね。ウィリアム様に、どういう顔で会えば良いのかしら」

胸の鼓動が速まるのを感じながら、そっと呟く。

今日は、以前に彼がこっそりくれたツーピースドレスを身にまとっている。白いブラウスに、紺色の上品なスカートが合わせられたものだ。あまり化粧が得意ではないので、淡い桜色の口紅だけをつけて待つ。

……ウィリアム様に少しでも可愛いと思われたい。

胸に手を当てて、彼のことを考える。

うぬぼれて良いと言ってくれたウィリアム様。

孤児だった私を拾ってくれた美少年から、大人になった主人。

言い方がきついところもあるが、本質的には優しい彼。私の前でだけ砕けた口調だったのは、彼が自分に心を開いていたからなのだと思うと、今までの多くのワガママたちもいよいよ可愛く感じられた。

私に嫌がらせをしてくる使用人たちから、かばうようにして現れるウィリアム様。

対等に話せる人が欲しいと言って、読み書きを教えてくれたりもした。

皆が憧れる、そんな素敵な彼が自分を特別視しているなんて、まるで夢のような出来事だ。

それこそ、彼にもらった童話の本の中のお姫様になれたようで、今この瞬間、この世で一番幸せなのは自分だと言い切れる自信さえある。

だけど約束の時間になっても、彼はなかなか姿を現さない。

「どうしたのかしら？　でも、ウィリアム様はきちんとした方だから、絶対に来るわ」

自分自身にそう言い聞かせ、気持ちを落ち着かせる。

しかしいつまで経っても、彼は約束の場には来なかった。

あれだけ高揚していた気分も今や、不安へと変わりかけている。

……何かあったのかしら？

普段から時間や約束をきちんと守る彼の身に、何かあったのではないかと心配でたまらない。

昼に約束をしていたはずなのに、もう陽（ひ）が傾きつつある。

そうしていると、夕立ちが降りはじめた。

……雨も降ってきたし、屋敷に帰って、ウィリアム様が無事かどうか確かめなきゃ。

そう思い、私が駆け出そうとしたとき。

「イザベラ」

ウィリアム様の代わりに現れたのは、女性使用人の統括者である家政婦長バーバラ様だった。ブルーム伯爵家に長く勤める使用人のひとりだ。

眼鏡をかけ、厳しい表情の彼女は淡々と告げてくる。

「ウィリアム様は、急用でこちらには来られないそうです」

「そう……ですか……」

バーバラ様は、それだけ言い、去っていく。

少しだけ切ない気持ちになりながら、傘のない私は小走りで帰路についたのだった。

急用ならどうしようもないわ。

……仕方がない。

そう自分に言い聞かせながら走る私は、雨で出来た泥濘(ぬかるみ)に脚を取られて転んでしまった。

ウィリアム様に会うために着ていたツーピースドレスが、泥にまみれて汚れてしまう。

せっかくウィリアム様にいただいた服が……

紺色のスカートだけではなく、白いブラウスにまで泥は撥ねている。

……大丈夫、洗えばまた、元の綺麗なドレスに戻るわ。

そう自分を奮い立たせながら、いつも以上に長く感じる屋敷までの道を歩いた。

そうして、屋敷の玄関が見えてきた頃。

荘厳な扉の前に、傘を差すひとりの長身痩躯の男性の姿が目に入った。

金糸のようなプラチナブロンドの髪に、サファイアのように美しき瞳を持った甘いマスクの青年。

「あ……ウィリアム様……」

会いたかった人物が目の前に現れ、重かった足取りが少しだけ軽くなったような気がしてくる。

彼は、一台の見慣れない豪奢な馬車の方へと移動する。

バーバラ様が言っていた急用が済んで、客人を見送ろうとしているのだろうか。

邪魔をしてはいけないと分かってはいる。

しかし、彼が客を送ったあと、すぐにでも話しかけたい気持ちが強かった。

声をかけようと少しだけ馬車に近づいた私が目にしたのは——

「……っ」

——同じ傘の下、麗しき青年が、美しい貴族令嬢と談笑している姿だったのだ。

ウィリアム様が傘を差してあげているのは、滑らかな流線を描く黒髪を持った綺麗な女性。

「あ……」

彼女は、私が着ているドレスとよく似たドレスを身にまとっていた。

汚れひとつない清らかな姿の令嬢と、泥にまみれた自分。

無意識に比べてしまい、なんだか悲しい気持ちになる。

「急用で来られないと聞いたけれど、彼は私との約束よりも優先したかったことがあったのね。……彼女と会う方が大切だった？」

結局、からかわれたということだろうか？　期待した私が馬鹿だった？

いいえ、きっと突然の来客で仕方なく……そうよ、急用だったそうだもの。

けれどもウィリアム様は、見知らぬ令嬢に天使のような笑みを見せているではないか。

……親戚の女性かもしれないじゃない。

心を守るために、必死に自分に言い聞かせる。

そのとき、同じ傘の中を歩いていた令嬢が躓いた。

そんな彼女をウィリアム様は逞しい腕で抱き寄せる。

「ウィリアム……様」

思わず名前を呼んでしまうが、この距離では彼の耳に届かない。

先ほどひとりで転んだことを思い出した。

「私も彼女のように、ウィリアム様に支えてもらえていたら……」

胸が軋んで仕方がない。

どんどん、どんどん惨めな気持ちになっていった。

足元がふらつき、目頭に熱い何かがこみあげてくる。

胸をかきむしりたくなるぐらい、苦しい。

「お似合いだよな。ウィリアム様とアイリーン侯爵令嬢」

そう言って、立ち尽くす私に、若い執事見習いのジョンが傘を差し出してきた。

彼のひとことが、瓦解しそうな心を鋭く抉る。

所詮、使用人の自分などでは手の届かない存在だと思い知らされる。

「ウィリアム……様……」

ふたりの仲睦まじい様子を見たくなくて、視線を逸らしてしまう。

そんな私の様子に気づくことなく、ジョンは話しかけてくる。

「ああ、そうだ、イザベラ。実は、ウィリアム様とアイリーン侯爵令嬢だけどさ、今度、婚約するらしいよ。身分の高い侯爵令嬢を娶(めと)ることが出来るなんて、さすがウィリアム様だよな。いつあの美人なアイリーン様を口説き落としたんだろうな」

そう言ってジョンは笑う。

その瞬間、私は目の前が真っ暗になった。

——伯爵家の嫡男(ちゃくなん)であるウィリアム様と、侯爵令嬢であるアイリーン様の縁談話が進んでいることを、執事見習いの口から知らされたのだ。

約束が果たされなかった翌朝、一通の手紙が届いた。

手紙の主はウィリアム様で、グラジオラスの押し花のしおりが封入されていた。

いつもの自分なら、花言葉の意味を調べていたかもしれないが、そんな気分にはなれなかった。

白い便箋(びんせん)にはひとことだけ、こう書かれていた。

『約束の場所に行けずにすまない。全てが片付いたら、また』

彼の手紙には、アイリーン侯爵令嬢との縁談話についての詳細は書かれていない。

……仕方ないわ。貴族同士の約束を優先しないといけなかっただけよ。ウィリアム様には立場があるもの。それに縁談のことだって、使用人たちが色々と言っているだけかもしれないし……彼の口からアイリーン様を好きだと聞いたわけじゃないもの。

現状を必死に否認しながら、自分の心を持ち直そうと必死だった。

だが、手紙を持った手は小刻みに震えている。鏡にちらりと映った自分は、ひどく白い顔をしていた。

そうして、釈然としない気持ちを抱(かか)えたまま、忙しいウィリアム様とは会えずに数日が過ぎてしまう。


ある宵の頃。

「皆、イザベラとふたりにしてくれるかな?」

ウィリアム様が天使のような笑みを浮かべながら、使用人たちと一緒にいる私を呼び出す。

どこかからの帰りなのだろう。彼はキャメルのオーバーフロックコートを身にまとっていた。

……ウィリアム様に会うのは、すごく久しぶりだわ。

彼に呼ばれて嬉しい反面、胸中はひどく複雑だった。

私の前を歩くウィリアム様の、成長して逞(たくま)しくなった背をぼんやりと見つめる。

彼に訊きたいことはたくさんあった。

ふと、彼と縁談の話が進んでいるというアイリーン侯爵令嬢の美しい顔が浮かぶ。

皆が言うように、ウィリアム様は彼女のことが好きなのだろうか？

思い出すと胸がざわついた。

考え事をしているうちに、いつの間にかウィリアム様の部屋へと辿り着く。

室内は几帳面に整えられている。コートを脱ぎ猫脚の机の上に載せると、豪奢（ごうしゃ）なベッドに彼は座り込んだ。

「おい、イザベラ、俺のところに来るんだ」

幼少期からの癖で反射的に、命じられるがまま彼の元へと向かう。

座る彼のそばに近づいた瞬間、ウィリアム様が私の手を握る。帰宅したばかりだからか、その手は少しだけひんやりと冷たい。

「ウィリアム様」

「この間は悪かった、約束の場所に行けず」

いつも意地悪な言い回しばかりするウィリアム様だが、珍しく素直に謝ってきて、私は少し驚いてしまう。

そうして彼が縋（すが）るような瞳で、私を見上げてきた。

「だけど、イザベラ。あれだけ、男と話すなって俺は命じていたのに……あの約束の日に、執事見習いの男の傘の中で、何を話していたんだ？」

「え？　それは、雨が降っていて、たまたま、話を」

「いったい、何を話していたんだ？」

ウィリアム様に尋ねられるが、私は言い淀んでしまう。

アイリーン様との縁談のことを聞いたと伝えれば、彼はどんな反応をするだろうか。

だが彼の口から直接、アイリーン様との縁談話を聞くのは正直怖い。

何も言えない私の態度を見て、ウィリアム様は眉(まゆ)をひそめながら告げる。

「俺に話せない内容なのは分かった。イザベラにとっては、所詮、俺の命令なんて、大(たい)したものではないんだ」

彼は俯いた。

「いや、約束を破るような俺が、イザベラを責めることは出来ない。このままだと努力が全部水の泡だと思っていたけれど、そもそも、イザベラの気持ちが……俺には……」

「ウィリアム様？」

ぽつりぽつりと、先日からの出来事について、ウィリアム様が話しはじめた。

「言い訳がましいかもしれないが、アイリーン嬢の生家であるテイラー侯爵家が、突然、パブリック・スクールを卒業したばかりの俺に縁談話を持ちかけてきたんだ。しかも、件(くだん)の日には、事前の連絡もなしに現れたんだ」

彼は苦虫を噛み潰したような表情を浮かべている。

「上位貴族の申し出を無下には出来なかった。だが、俺としては、愛のない結婚はしたくない。だから、断ろうとしているのに、なかなか侯爵家が引き下がってくれない」

伯爵家よりも身分の高い侯爵家から持ちかけられた縁談話であるため、下手(へた)な理由では断れずに、ウィリアム様は神経をすり減らしてしまっているようだ。

「今日も具合が悪いからとか言って、アイリーン嬢は俺に会うのを拒んできた。なんとか令嬢の機嫌をとって破談にしたいというのに、テイラー侯爵は娘との結婚を推すばかりだ」

私が何も言わないでいると、彼の声音(こわね)がひどく沈鬱(ちんうつ)なものになる。

「イザベラ。この縁談話は、お前にも関わる話だと俺は思っている」

「私にですか?」

突然、自分にも関係があると言われて、心臓がドキンと跳ねた。どうしても心のどこかで、彼は自分のことを好いているのではないかと期待してしまう。

だが、彼の答えは、私の心をひどく痛めつけた。

「そうだ。もし俺がこの縁談話を断れなかったら、将来お前がアイリーン嬢の世話をしないといけなくなるんだからな」

そう言って、彼は私から視線を逸らす。

『縁談話を断れなかったら、俺とイザベラは結ばれなくなる』

そんな都合の良い言葉を私は求めていたのだ。

……やっぱり、ウィリアム様にとって、私は使用人でしかないんだわ。

悲しくて泣きそうになるが我慢する。

彼に握られた手が、悲しさをより一層強くさせた。こういう彼の所作も、私が特別な存在だからしているのではないのだろう。

……そもそも、ウィリアム様は、私以外には愛想が良い方だもの。

……きっと、使用人に気安く触れている感覚なのよ。

そう思い悩んでいると、ウィリアム様が問いかけてくる。

「イザベラ。お前は、俺とアイリーン嬢が婚約したら、どう思うんだ？」

胸がぎゅっと苦しくなる。

だが自分の気持ちを落ち着かせながら、私は努めて冷静な返しをすることに決めた。

「もし、アイリーン様とウィリアム様の婚約が成立したら、一生懸命アイリーン様に仕えさせていただきたく思っています。私はブルーム伯爵家に仕える使用人ですから。良くしてくださる主人の奥様になる方なので、誠心誠意お仕えするだけです」

そう答えると、ウィリアム様は蒼(あお)い瞳を見開き、自嘲気味(じちょうぎみ)に呟(つぶや)いた。

「お前から、そんな答えが聞きたかったんじゃない。イザベラからしたら、俺とお前は主(あるじ)と使用人でしかないか」

少しだけ陰りを帯びた瞳で彼は続ける。

「おい、イザベラ」

彼はいつもよりも暗い調子で私を呼んだ。

「お前にしか出来ないことだ」

「え？　……きゃっ！」

突然、彼に腕を掴まれ、身体を引き寄せられた。

「んっ……」

気づけば、彼の膝の上に乗っていた。彼の唇が私のそれを塞いでくる。

「ウィリアム様っ……あっ……」

うなじを押さえつけられ、口の中に彼の舌がねじ込まれ、しばらくなすがままになる。

ひとしきり、くちゅくちゅと唇を弄ばれたあと、彼の柔らかな唇が離れた。

そうして彼はタイを緩めながら、私に告げる。

「昔から抱いていた願いが叶いそうにない。俺を慰めてくれないか？」

彼の切望するような声が、胸を穿つ。

海を連想させる爽やかな彼の香水が、鼻腔をついた。

「私が、ウィリアム様を慰める……？」

――結局、彼の願いが何かは分からないまま、とさりと、私はベッドの上に組敷かれていた。

目まぐるしい状況の変化についていけない。

身体の上に何か重みを感じる。どうやらウィリアム様のようだった。

子どもの頃の取っ組み合いとは違う。大人の男性が身体の上に乗ってきたのは生まれて初めてで、全身が強張ってしまう。

「そうだ、お前の身体で、俺を慰めろ。お前にしか出来ない役割だ」

「私にしか出来ない……？」

今まで、彼からそんな慰め方をしろと言われたことはなかった。

シャンデリアの逆光で、ウィリアム様の表情が分からず漠然とした不安が広がる。

けれども、同時に「私にしか出来ない」という言葉に、おかしな期待をしてしまう自分がいた。

「ウィリアム……様っ……んっ……」

私の唇に、また彼の唇が押しつけられる。

子どもの頃に交わした頬にするキスとは明らかに違う、大人の深い口づけ。舌が絡み合っては離れ、何度も口づけられる。

「あっ……ウィリアム様っ……どうして……？」

私が言いかけたのを聞いて、一旦ウィリアム様は顔を離した。

「……願いが叶わないぐらいで落ち込んでいる、そんな情けなくて格好悪い姿を、他のやつらに見せることは出来ないだろう？」

彼の縋るような瞳を見て、困惑は深まる。

激しい口づけで、頬が火照りきったまま、私は唇をきゅっと噛み締めた。

「イザベラなら、幼い頃から俺のことを知っている……理由は……それだけだ」

彼は視線をふいと逸らす。

彼の言葉は私の心を抉った。

……他の人には情けないところを見せられなくて、他に頼める人がいないから私が選ばれた？

やはり、単に都合が良いだけなのだろうか。

彼にとって自分は特別な存在ではないと思い知らされて、打ちひしがれてしまう。

「でも、ウィリアム様なら引く手数多(あまた)ですし、わざわざ使用人に手をつけずとも――」

「言ったはずだ、お前にしか出来ないと」

私の言葉を遮り、強い口調で彼が告げる。

「そうですが、私は簡単に異性に身体を委ねたくはありません」

自分が孤児だったからこそ、特にそう思うのだ。

一瞬の快楽に溺れ、その結果生まれた子どもを育てきれなかったがゆえに、両親は私を手放したのだろう。

夫でもない人物に身を任せるなど、危険性が高すぎる。

「だったら、一晩だけ、俺の恋人になれ」

そう言いながら、緩めたタイを捨て、彼が前開きの上着を放った。

なんて甘美な誘惑だろうか。

――一晩だけでも好きな人の恋人になれるなんて。

彼の逞(たくま)しく育った胸板、均整のとれた引き締まった体躯(たいく)が目に入る。

私の頭の中では、危険だと警笛が鳴っている。

だけど、本能的に彼に身体を任せてしまいたいと思っている自分が、心のどこかに存在した。

……ウィリアム様に縁談話はあるけれど、決定事項ではない。まだお互いにパートナーがいない状態だもの。

一晩限りの恋人になるために都合の良い解釈をして、自分を納得させようとする。

そんな気持ちとは裏腹に、ダメだ、ダメだ、危険だ、と頭の中でもうひとりの自分が何度も警告してきていた。

それでも、私は悪魔の囁(ささや)きに負けてしまう。

「それは……命令でしょうか……？」

子どもの頃、『他の男と話すな』と言ってきた彼に問いかけた言葉が口をついて出た。

自分でも卑怯だとは思った。馬鹿な女だとも。

でも、どうしても私はウィリアム様と……

少しだけ目頭が熱くなる。

愛する人に一度だけでも抱かれたいと思うのは罪だろうか？

「そうだ、命令だ」

ウィリアム様は続ける。

「イザベラ。使用人なら、主の命令は絶対だろう？　お前が俺の使用人だと言い張るなら、言うことを聞くんだ」

言い方こそ命令調だが、彼の口調はどことなく苦しそうに聞こえる。

「……はい。命令なら。孤児だった私を拾っていただいた恩義がありますから」

私は伏し目がちに、ゆっくりと返す。

しばし、ふたりの間に沈黙が流れる。

「……そうだ。俺に恩を返すと思え……」

ウィリアム様が自虐的に笑った。泣きそうな子どものように見えて、胸がざわつく。

……どうしてそんなに寂しい表情をしているの？

彼の大きな手が服に伸びてきた。

「想像していた以上に、大人びた身体になってしまっているな」

衣服越しに、彼の綺麗で長い指が胸の膨らみに沈み込む。ゆっくりと変形させられ、唇から声が漏れ出た。

「あっ、は、あ……」

メイド服の白いエプロンが乱れる。

いつの間にか黒いワンピースの裾から、彼の大きな手が侵入していて、脚を撫でていた。

「俺以外の男に触れさせたりはしていないだろうな?」

「……っ……そんなこと……あるはずが……」

ひどく優しい愛撫が続き、彼が私のことを愛しているのではないかと錯覚してしまいそうになる。

「あっ……ウィリアム様っ……」

「イザベラ……ああ、お前が誰のものでもないことは分かっている……」

熱に浮かされたかのように、彼に名前を呼ばれ、胸が疼く。

穿いていた下着を、彼が引きずり下ろした。そのまま足首まで一気に下げられ、ベッドの上に放り捨てられる。

「おい、イザベラ……脚を開け」

「ウィリアム様……」

命じられるがままに、条件反射で両脚を開いてしまう。

脚の間に、硬い何かがぬるりと触れてくる。

……私は夢を見ているの?

これから本当に彼によって身体を開かれるのだろうか?

くちゅりくちゅりと淫靡な水音が鳴った。

「ウィリアム様っ……これ以上は……今ならまだ……」

――引き返せる。

「もうお前の頼みを聞いてやることは出来ない……潔く、覚悟を決めろ……イザベラ……」

だが獣のような彼の器官は、もう引き返せないほどに荒ぶり昂（たかぶ）っていた。

恐怖と快楽の両方が首をもたげてくる。

けれども、明らかに快楽が強かった。ずっと恋い焦（こ）がれていた相手と、互いの秘めた場所を触れ合わせる幸せの方が勝っている。

「イザベラ。俺はずっと……。今だけで良い、俺のことだけ見てはくれないか。……なあ、イザベラ……」

「ウィリアム様……私は、ずっと、あなたを……」

彼がひどく愛おしそうに私の名を呼んでくる。

互いの視線が絡み合った。

呼吸が浅く、鼓動が高鳴っていく。

それ以上は、何も考えられない。

ぬるぬると脚の間で動いていた先端が狭穴を一気に穿(うが)ってきた。彼の欲棒が純潔の襞をみちみちと破って進んできて、いまだかつて感じたことのない熱と重量を下腹部に感じる。

「あぁっ……！」

純潔を失うときはひどく痛むらしいが、あまりにも彼が何度も私の名を口にするものだから、痛みよりもそちらに意識が向かった。

「イザベラ、痛くはないか……？」

心配そうな声音(こわね)で、彼が髪を撫でてくる。

あまりに優しくて、胸がぎゅっと苦しくなった。

「ああ……イザベラ……今は、今だけは、俺の……」

そうして、いつになく熱っぽい口調で彼が私の名を呼ぶ。

圧迫された隘路(あいろ)の中、ぐちゅんぐちゅんと熱塊が出たり入ったりを繰り返す。

突き動かされる激しさに耐えるために、彼の広い背中に両手を回した。

「イザベラ……イザベラ……」

「あっ、あっ、はっ、あ……」

目に涙が浮かんで視界がぼやける。

身体を揺らし、私の中に出入りを繰り返す青年は、熱に浮かされたまま、愛する女性を呼ぶかのように私の名前を繰り返していた。

どうしてこんなにも、ウィリアム様は優しく名を呼ぶの？

一晩だけの恋人扱いだからだろうか？

これからもずっと大事にしてくれると、錯覚してしまいそうなぐらいに彼が甘い声で囁く。

勘違いしたらダメだと分かっている。

だが、今このときだけは、彼に愛されていると思っていたい。

「あっ、ん、ウィリアム様っ……！」

「イザベラ……イザベラ……」

かねてから望んでいたかのように、快感が駆け巡る。

破瓜の痛み以上に、彼と身体をひとつにしていることへの幸せの方が強かった。

じわりと汗の滲む彼の首に腕を回す。

硬い張りを膣道に抽送され続けていると、両太ももに温かいもの——血液や愛液や精だろう——が流れていくのを感じた。

「あっ、あっ、ウィリアム様……」

「イザベラ……」

彼の愛撫が優しすぎて、頭が蕩けてしまいそうだ。

汗ばんだ肌同士がぶつかり合い、ぱちゅんぱちゅんと淫らな音を鳴らした。

離れたくない気持ちを表現するかのように、彼の剛直を私の肉襞がぎゅうっと締めつける。

「あっ、ウィリアム様っ……」

ギシギシとベッドが軋む音と淫らな水音が間断なく続く。

彼が腰を揺らすたびに、プラチナブロンドの髪がさやさやと揺れた。

熱情を孕んだ蒼(あお)い瞳に視線を絡め取られる。

めったに汗をかかない彼の額(ひたい)に、珠のような汗が滲(にじ)んでいた。

「イザベラ……俺の……名前を……っ……呼んではくれないか？」

「ウィリアム様っ……あっ……あんっ……あっ……」

命じられるがままに名を呼び返すと、揺さぶりが激しくなる。

彼の広い背にしがみつくのに必死だった。

まるで獣の交合かのように激しく揺れ動くふたりの影が遠くに映る。

相手の身体がぶつかってくるたびに、引いては寄せる波のように快感が襲ってくる。

膣内で欲棒が命脈を宿しはじめ、私の頭の中も明滅した。

彼がぶるっと身体を震わせたと同時に、かつてない快楽が全身を走り抜ける。

「ああっ――！」

お腹の奥が一気に熱を帯びる。彼に精を放たれたのだと気づくのに、少しだけ時間がかかった。

「イザベラ……これで……お前の全ては、俺の……」

荒い呼吸を整えながら、彼が私の髪を撫でてくる。

「ウィリアム様」

今だけで良い。彼を独占出来ている今だけで良いから、ウィリアム様に求められて、恋人になった気分に浸りたかった。

「ウィリアム様。……キス、してもらえませんか？」

まだ少し呼吸の速い彼は、何も答えてはくれない。

断わられるだろうかと不安になったが、次の瞬間、彼はひどく甘くて優しい口づけを落としてきた。

「イザベラ、俺に純潔を捧げてくれてありがとう」

涙が滲(にじ)んで、彼の綺麗な顔がぼやけてくる。

愛しいウィリアム様が本気じゃなかったとしても、それでも私にとっては怖いくらい幸せな思い出になった。

「たとえ、俺の願いが叶わなかったとしても、絶対に今このときのことを忘れない」

涙で彼の表情が分からなかった。

お互い、身につけていた衣服を脱ぎ捨て、生まれたままの姿になる。

室内に熱気がこもり、再び荒い息遣いと水音が支配しはじめた。

そうして純潔を失ったその日は、痛みを忘れ、理性を捨てて、彼に身体を委ね続けたのだった。

――ウィリアム様に一晩中愛され続けた。

彼と私は夜が明ける前に眠りについたのだが、空が白みはじめる前に、私はいつもの習性で目を覚ました。

プラチナブロンドの髪の端整な顔立ちが目に入る。

海を連想させる爽やかな香りが鼻腔(びこう)をついた。

どうやら彼は、私の頭を腕枕しながら、すやすやと眠っているようだ。

耳元に、狩猟や騎馬で鍛え抜かれた二の腕を感じ、昨日の情熱的な一夜が思い出される。

ふたりとも生まれたままの姿で、秘する場所はまだ触れ合ったままだった。下半身に残る違和感と鈍い痛みが、昨晩の出来事が真実だったと突き付けてくる。

……あ、まだ私、ウィリアム様と繋がって……

頬が紅潮したのが自分でも分かった。

言いようのない幸福感とともに、胸を締めつけるような罪悪感が湧いてくる。

本当はずっと、ウィリアム様の寝顔を見ていたい。

だけど、使用人でしかない私に、そんなことは許されていない。

身をよじり、彼の身体から抜け出そうとすると――

「イザベラ……」

名を呼ばれ、彼の腕に引き寄せられた。

強い力で抱きしめられ、逞しく育った胸板が当たり、心臓が弾けそうなぐらいに高鳴ってしまう。

ウィリアム様が目を覚ましたのかと思ったが、どうやら寝惚けているようだった。

このまま夜が続いてくれさえすれば、ずっと彼の恋人のまま過ごせる。

けれども、空の色は藍色から紫色へと変化しつつある。

もう時間がない。

そろそろ他の使用人たちが目を覚ます頃だ。

一抹の寂しさを感じつつも、私は彼の腕の力が緩んだタイミングで抜け出した。

ベッドの上や床に散らばっている下着を身につけようとしたときに、鏡を見る。

……赤い花びらのように、キスマークが全身に残っているではないか。

気をとられている時間はなかったため、慌ててワンピースとエプロンをつけなおした。

いざ、部屋を飛び出ようとした際に、くぐもったウィリアム様の声が聞こえる。

「イザベラ、行かないでくれ……」

心臓がドキンと跳ねた。

「ウィリアム様、起きて――」

彼の方を見るが、ベッドに横になったままで目覚めてはいない。

私は一度、眠る彼の元へと戻る。

凛々しい眉に、金色の長い睫毛、長い鼻梁に、弓なりの美しい唇。

部屋を出たら、もう一晩限りの恋人は終わりだ。元の主と使用人の関係に戻らなければならない。

たった一晩だったけれど、ひどく幸せだった。

何度も愛おしそうに名を呼んでくれたことを思い出すと、なんだか泣きそうになる。

これで最後。

自分にそう言い聞かせ、そっと彼の唇に自身の唇を重ねた。

「さようなら、ウィリアム様」

後ろ髪を引かれる思いを断ち切り、廊下に誰もいないことを確認してから、部屋を飛び出したのだった。


住み込みの使用人たちの住まいは城館の地下にある。こっそりと自室へ戻ったが、やはり身体は痛くて仕方がなかった。

仕事の支度の時間になり、他の使用人と同じように準備を始める。

しかし、身体の違和感は残ったままで、なかなか普段通りに動くことが出来ない。

「イザベラ、大丈夫？　もし体調が悪いなら、休んだ方が良いわ。今日一日くらいなら、バーバラ様も許してくれるはずよ」

そう言って仲の良い使用人のひとりが、家政婦長に報告してくれたため、一日だけ休みを得ることになった。

自業自得なのに休んでしまって、皆に申し訳ない。

自ら望んで愛する男性に純潔を捧げたうえに、休むなんて情けないなと思ってしまう。

ただ、その相手が相手だけに、痛みについて誰にも相談出来ない。

悶々としながら、昼間のベッドの上で休む。

「おい、イザベラ」

突然、聞き慣れたウィリアム様の甘い声が耳に届く。

「部屋に入って良いか？　体調が悪いと聞いて、見舞いに来たんだが――」

私は驚いてしまい、どう反応して良いのか分からない。

それに、愛する男性と今ここで顔を合わせてしまうと、婚約が決まるかもしれない彼との最後の情事だと、自分に言い聞かせた気持ちが揺らぎそうで仕方がなかった。

返事が出来ないまま、動けずにいた。

「おい、イザベラ、倒れてるんじゃないだろうな⁉」

慌てた様子で、ウィリアム様が勢い良く部屋の扉を開けて入ってくる。

咄嗟に、私は寝たふりをした。ばれないように気をつけて、寝息を立てているように見せかける。

「……なんだ、寝てるだけじゃないか。驚かさないでくれ」

安堵した様子の彼は、そっとベッドに腰かける。

いつもの爽やかな海の香り以外に、彼から甘い香りがした。

「イザベラ」

優しい手つきで、ウィリアム様は私の長い髪を何度も撫ではじめた。

そうして、ぽつりぽつりと呟(つぶや)く。

「優しいお前は迷惑だと思うかもしれない。けれど、アイリーン嬢との縁談話を断ったら、改めて俺の気持ちをお前に伝えたいんだ」

心臓が高鳴る。思わず、目を開(ひら)きそうになった。

「いつもお前にはひどい言い方ばかりしてきたから、すぐには信じてもらえないだろう。だが、一からやり直したいんだ。情けないことに、順番は前後してしまったけれど」

私が眠っていると信じているからか、いつになく素直な物言いをする主人に少しばかり驚かされる。

「あとは、そうだな。これは昨晩の礼に、たった今手に入れたんだ」

彼はそう言うと、私の左手を取り、何かしていた。

(たった今？　何？)

それから彼は立ち上がると、私の髪を払い、こめかみに口づけてくる。

「イザベラ。次にお前とふたりになれたときに、また」

そうして、彼は私の唇に口づけた。

時間が止まったと錯覚してしまいそうになるほど長いキス。

「イザベラ、俺はお前を思い出にする気はない。俺の幸運を祈ってくれ」

それだけ言い残すと、彼は部屋を去っていった。

ぱたんと扉が閉まると、私はそっと目を開ける。

「一晩だけの恋人だって、言っていたのに……」

彼が何かをしていた左手を、顔の前に掲げる。

金の細いリングに蒼いサファイアが嵌まった指輪が、薬指に輝いていた。

精緻な細工に、どんな女性たちも胸を躍らせるに違いない。

「瞳と同じ色。これは……使用人の私にはすぎたものです、ウィリアム様……」

これは、たった数時間で準備出来るものではない。

昨晩の礼と言うには、持ってくるのが早すぎる。

……アイリーン様とウィリアム様が婚約することに気をとられすぎて、素直じゃない彼のことが見えなくなっていたのだろうか？

それとも、指輪はアイリーン様のために準備していたものなのだろうか？

期待したら、その分辛くなるのは分かっている。

枕元には、甘やかに香るグラジオラスの赤い花が一輪。

「……結ばれなかったとしても、この優しい主人のそばにずっといたい」

涙が溢れる。

だけど、もしも奇跡が起きて、ウィリアム様の……いいえ、私の願いが叶うのなら……。

破瓜(はか)の痛みがどこかにいってしまうほどに、彼の優しさや想いを感じて、幸せな涙が流れ続けたのだった。

第三章　彼の婚約、私の決断

けれども——やはりというべきか、数日後、ウィリアム様はアイリーン侯爵令嬢との婚約が成立した。

私はしばらく落ち込み、食事も喉を通らなかった。

だが、残念だという思いと同時に、仕方がないという言葉が強く浮かんだ。

侯爵家よりも家格の低い伯爵家では断れなかったのだろう。

指輪をいただいた日以来、ウィリアム様とは会っていない。

彼と会いそうなタイミングを私が避けたのもあるが、彼も「おい、イザベラ」といつものようには呼んでこなかった。

幼い頃から一緒にいたふたりが大人になって、別の人生を歩みはじめるのは普通のことだろう。

優しいウィリアム様は思い出にする気はないと言ったけれど、きっといつか恋い焦(こ)がれたことが懐かしい過去に変わっていくに違いない。

私は彼との思い出を大事にしながら、彼ら夫婦に仕えていこう。

彼が自分に恋していたのかどうか、結局本人の口から聞くことは出来なかった。

だからこそ、大切な記憶は宝箱にそっとしまうことにする。

そうして時間が経過し、まだ心にしこりは残しつつも、少しずつ前向きに物事を考えるようになっていた。

だが、心以上に身体の不調を感じていた。

気持ちが塞いでいたからだろうか、あまり体調が良くない日々が続いていたのだ。

具合が悪い中、外で洗濯物を干していると、どこからか誰かの声が聞こえる。

石鹸の良い香りが漂い、風にはためくシーツの合間から見えたのは、壮年の男女だった。

こちらからは会話の内容までは聞こえない。

……あれは、アイリーン様のお父様であるテイラー侯爵様と家政婦長のバーバラ様？

どうしておふたりが会話をしているのかしら？

無表情なことが多いバーバラ様が異性――他家のテイラー侯爵と話しているということに、なんとなく違和感を覚える。

「あ……」

ふたりを見ている間に、だんだんと胸やけが強くなる。

吐きそうになるのをなんとかこらえる。

「イザベラ」

そのとき、いつの間にか近くに来ていたバーバラ様に声をかけられた。

もうテイラー侯爵様との会話は終わったのだろう。

先ほどまでふたりが話していた場所に、思わず目を向ける。

すると遠くに、テイラー侯爵様に支えられるアイリーン様の姿が見えた。心なしか、以前に見たときよりも女性らしさが増している気がする。

彼女がそうなったのは、ウィリアム様との婚約が決まったからだろうか？

それとも、最近彼女がよく身につけているふんわりとしたドレスのせいだろうか？

アイリーン様に気をとられる私に向かって、バーバラ様が再び声をかけてきた。

「街へ行って医者にかかりなさい。これは家政婦長としての命令です。私の知り合いの信用出来る人を紹介しますから」

「屋敷の医者ではなく、街の医者ですか？」

彼女は無言で頷き、淡々と告げてくる。

「診断を受けたら、馬鹿なことは考えずに、真っ先に私に報告しに来るように」

「……馬鹿なこと？」

彼女の意図することが理解出来なかったが、私は頷いたのだった。

数時間後、家政婦長バーバラ様が言わんとすることが、医院に行ったあと痛いほどに分かった。

「私は、どうしたら……」

石畳の街を重い足取りで歩く。

なんとか、前へと進んでいるが、足元がおぼつかなかった。

「そんな、たった一夜だったじゃない。そんな……」

医師に告げられた言葉を、頭の中で反芻する。

『妊娠していますね。おめでとうございます』

妊娠、妊娠。

ウィリアム様以外に身体を委ねた経験はない。

だからこそ、間違いなく、お腹の子どもは彼の子だと断言出来る。

愛する男性の子を身籠れるなど、喜ばしい出来事のはずだ。大勢の人からも祝福されるべき幸福なこと。

そうだというのに、素直に喜べない自分がいる。

もう愛してはいけない人の子どもを身籠ってしまったという事実が、重く肩にのしかかってきていた。世界が音を立てて崩れ落ちていくような絶望さえ感じる。

私は孤児だ。いったい両親がどんな人物だったかなんて知る由もない。

だが、何も考えずに子どもを作って、私を捨てたに違いないと、ずっと心の中で思いながら生きてきた。

だから自分は、そのような大人にはなるまいと心に誓っていた。

それなのに、結局、顔もよく知らない両親と同じ状況になってしまったのだ。

生命を、あまりにも軽く考えすぎていたのかもしれない。たった一晩で出来るわけがないと。

お腹の中の子どもに罪はない。

快楽に溺れた自分自身に非がある。

だけど、もう後悔しても遅いのだ。

国教で堕胎は禁じられているので、妊娠した場合、出産するのが通常である。

「私は、どうしたら……」

まとまらない思考のまま、必死に頭を働かせる。

……ウィリアム様の子どもだと、言わなければ良いのでは？

とはいえ、このままブルーム伯爵家で働き続けて、生まれた子どもの容姿が彼そっくりだったら、気づく者も出てくるかもしれない。

そうなれば、言い逃れが出来ないだろう。

いくら婚約が決定する前の情事が原因だったとはいえ、もしもウィリアム様に隠し子がいると分かれば、テイラー侯爵家は憤慨するに違いない。

家格が上の貴族に逆らったり、気に障る行動をとったりしたからと、とり潰しに陥れられた家の話も耳にしたことがある。

「このままだと、私だけじゃなくて、ウィリアム様やブルーム伯爵家の将来にも関わってきてしまう」

子の父親であるウィリアム様に相談した方が良いだろうか？

けれども、私が妊娠していることを知って、ウィリアム様がどういう反応をするか想像すると怖くてたまらなかった。

輝かしい将来を約束された彼が、私の妊娠に対してどう思うのかが分からない。

悪い想像ばかりが頭をよぎり、焦燥（しょうそう）だけが募っていく。

はやる気持ちを抑えながら、必死に思考を巡らせる。

「やっぱり、闇医者に頼んで堕ろしてもらって……」

娼婦たちが密かに子を堕ろす場所があると聞いたことがあった。

そこまで考えたところで、涙が溢れてくる。

「私……人として最低だわ……。子どもに罪はないのに……」

母親の身体に負担がかかるなど、やむを得ず堕胎に至ることはあるだろう。

だけれども、私の場合、そういった事情ではない。

「……ごめんなさい、弱いお母さんで、ごめんなさい」

一瞬でも、我が子を自分の都合で殺そうとした自身を恥じる。

下腹部に手を当て、必死にまだ見ぬ我が子を思う。

まだ胎動があるわけではない。

だけど、なぜだか無性に、そこにいる生命を愛おしく感じている自分が存在していた。

「自分のことも、ウィリアム様の将来のことも、この子の未来のためにも、私は決めないといけない」

——自分の中で、もう答えは出てしまっている。決意が揺らがないように、そう口にする。

まるで泥沼の中を歩いているかのように、足取りは重かった。

ふらつく足取りで屋敷に帰っていると、一台の豪奢（ごうしゃ）な馬車とすれ違う。

……どうしよう。ふらふらしてきた。

なんだかひどく具合が悪くて、私は石畳の上にうずくまった。なんとかやり過ごそうと、体調が戻るのを待つ。

通りすがりの人たちが声をかけてくれたが、大丈夫だと伝えた。

ちょうどそのとき、先ほど通り過ぎた馬車から慌（あわ）てて誰かが降りてきた。

その人物の足音が、だんだんとこちらに近づいてくるのが分かる。

「おい、イザベラ」

聞き慣れた声が耳に届いた。

はっとして見上げると、金糸（きんし）のようなプラチナブロンドの髪に、サファイアを彷彿とさせる蒼（あお）い瞳をした青年——ウィリアム様が、そこには立っていたのだ。

「ウィリアム様……」

しばらくの間、まともに会話も交わしていなかった想い人が現れ、夢かと思う。

「おい、イザベラ、どうしてお前は、俺に心配ばかりかけるんだ?」

「きゃっ!」

気づけば彼の逞（たくま）しい両腕に、横向きに抱き上げられていた。

彼の甘いマスクが眼前にある。海を連想させる爽やかな香りが鼻腔（びこう）をつき、甘い声音（こわね）を耳にして、ウィリアム様本人がそこにいるのだと、まざまざと実感する。

老若男女（ろうにゃくなんにょ）誰をも魅了する美貌の青年の登場に、通りがざわつきはじめた。

「具合が悪いのに、どうして外に出たんだ？」

「それは……」

いくら彼にも関わることとはいえ、妊娠の診断を受けていたのだと、往来で言うわけにもいかない。

「ウィリアム様、目立ちますので、下ろしてはくれませんか？」

周囲の人々の視線をひしひしと感じた私は、ウィリアム様に懇願する。

「ダメだ。具合の悪い人間を放っておくなど、貴族の責務を放棄するのに等しい」

私を抱（かか）えたまま、彼は馬車に向かって歩く。

「テイラー侯爵、アイリーン嬢、私の屋敷の使用人が往来にうずくまっていました。屋敷に連れ帰ってもよろしいでしょうか？」

ウィリアム様は、屋敷に来ていた彼らの見送りの途中だったようで、私ははっとした。

彼らの邪魔をしてしまったと、罪悪感で胸がいっぱいになる。

馬車の中から、テイラー侯爵様とアイリーン様の声が聞こえる。

「アイリーンが良いと言うのなら。アイリーン？」

「わたしはどちらでも構いません」

婚約が決まって幸せなはずの美しきアイリーン様は、自分の婚約者が他の女性を抱きかかえていても、気に留める様子はなかった。使用人を人として見ない貴族もいるぐらいなので、そのような態度は別におかしくはない。

だが、それ以上に、心ここにあらずといった印象を受けた。

そうして、ウィリアム様と私を置いて、馬車は走り去る。

「ご迷惑をおかけして申し訳ございません、ウィリアム様」

「イザベラ、これに懲りたら無茶はもうやめろ」

往来の人々の視線を受けたまま、屋敷へとウィリアム様は歩を進めていった。

私を抱く彼の体温が、ひどく心地よい。

途中、会話がなかったが、彼がぽつりぽつりと語り出す。

「謝罪しなければならないのは、俺の方だというのに、偉そうだったな……」

長い金の睫毛(まつげ)に縁取られた蒼(あお)い瞳がかげる。

胸がズキンと痛んだ。アイリーン様との婚約が成立した件に、彼も苦しんでいるのかもしれない。

ふたりの間に、再び沈黙の時間が流れる。

だが、一瞬で穏やかな表情に戻ったウィリアム様は、私に微笑みながら告げてきた。

「最近ずっと、お前のオムレットを食べていないな。体調が良くなってからで良いから、おやつに作ってくれないか？」

その言葉は、私に彼と過ごした日々を思い出させた。

……神様。優しいウィリアム様と離れる前に、最後に一度だけ、彼の好物の卵料理を作っても、許されるでしょうか？

胸の前でぎゅっと手を握る。

「……はい」

私は呟（つぶや）くような小さな声で、返事をした。

「イザベラが作るオムレットが、この世で一番の好物なんだ」

ひどく嬉しそうに笑う、いつになく素直なウィリアム様。

……ウィリアム様との間に出来た子どもを殺すなんて出来ない。

だけど、ウィリアム様の未来を閉ざすような真似もしたくない。

もしも、使用人の仕事を続けながら子どもを育てれば、ウィリアム様だけではなく、周囲にまで彼の子だとバレてしまう危険性が高い。

アイリーン様だって、夫となる人物に隠し子がいたとなれば、そのショックは計り知れないだろう。

彼女の生家であるテイラー侯爵家が、面子を潰されたとして動いたとしたら、母子ともに命の危険に晒される恐れさえある。

だからといって、子どもに罪はない。

——だったら、私がブルーム伯爵家を出て、皆がいないどこか遠くへ行き、金輪際ウィリアム様たちとの縁を断ち切ってしまえば良い。

父親がいない分、子どもは私がしっかりと愛情をかけて育ててみせる。

愛する人の姿を目に焼き付けようと、屋敷に帰るまでの間、ずっと彼の横顔を見つめて過ごしたのだった。

屋敷に帰り着き、体調が少し落ち着いた私はさっそく、ウィリアム様の好物を作ることにする。

コックと話し、厨房を借りて、ふわふわのオムレットを焼いた。

まだ熱々の菓子を、蔦模様で縁取られた白磁の皿に載せて、ウィリアム様の自室へと向かう。

部屋の扉を開(ひら)くと、彼が待ち構えていた。

室内に甘い香りが漂う。

私が持つオムレットを見た途端、ウィリアム様は目を爛爛(らんらん)と輝かせる。

その姿は、子どもの頃から変わらない。

彼との思い出が、ひどく懐かしく感じられた。もうこれでこの人にオムレットを作ることはないのだと思うと、寂寥感(せきりょうかん)が胸を襲ってくる。

普段は礼儀正しいウィリアム様だが、今は子どものように大層幸せそうな表情で頬(ほお)張(ば)っていた。

「おい、イザベラ、体調はもう良いのか？　俺がオムレットを食べたいと言ったから、無理して作ったんじゃないだろうな？」

言い方こそ偉そうだが、私のことを心配しているのが伝わってくる。

「はい。医者に診てもらいましたが、病気ではありませんでしたので……」

そう、病気ではない。

確かに私の身体は通常とは異なるが、それは妊娠しているからだ。

「病気でないなら良かった」

オムレットをぺろりと平らげたウィリアム様は、心底嬉しそうに笑う。そして、彼はさらに続ける。

「……その、お前が病気になると、美味(おい)しい卵料理が食べられなくなるからな」

「そう……ですね」

幼少期からの癖で、素直ではない言い回しを彼がしているのは分かる。

だが、うまく流せず歯切れの悪い返答をしてしまった。

こういったやり取りも出来なくなるのだと思うと、ますます寂しさが募る。

ウィリアム様もつられたのか、流麗な眉(まゆ)をひそめながらポツリと告げた。

「イザベラが結婚したりして屋敷を出ていってしまったら、もうこのオムレットも食べられなくなるんだな……」

突然の彼の発言に、少しばかり動揺してしまう。

ウィリアム様に気づかれたわけではない。彼は例えばの話をしているだけだ。

心の中で、私は頭を横に振る。

「そうですね……」

ウィリアム様の蒼(あお)い瞳が、湖面のように揺らめく。

なんだか彼が辛(つら)そうに見えて、つい手を差し出したくなる。

「イザベラも知っての通り、俺の父親は家庭を顧みる人ではない。父上に愛されなかった母上は、早くに亡くなった。この屋敷に血の繋がった者はいても、俺に家族と呼べる人はずっといなかった。俺にとって、家族と呼べるのは……」

そう言うと、彼はまっすぐに私を見つめてきた。

目の前にいるウィリアム様に、真実を告げることが出来たらどれだけ良かっただろう。

『あなたの子どもを――家族をお腹に宿しています』

喉元まで出かかっている言葉を必死に呑み込んだ。

「愛のない結婚をしても互いに不幸になるだけだ。だからこそ、俺は愛する女性と結婚したかった」

そこまで言うと、彼は頭を横に振った。

「すまない。ただの愚痴だな。イザベラ、オムレット美味(うま)かった。また俺に作ってくれるか？」

「……はい」

嘘だ。もう彼に何かを作ることはないだろう。

嬉しそうな彼を見ていると、目頭が熱くなる。

「じゃあ、よろしく頼む。あぁ、もう仕事に戻って良いぞ」

いよいよ彼との別れのときがきてしまった。

離れがたくて、しばらくとどまってしまう。

「おい、イザベラ、どうした？」

早く退室しないと、怪しいと思われる。

「……ウィリアム様、さようなら」

今までの感謝の意味をこめて、最敬礼の挨拶を行う。

そうして私は退室するために踵を返した。

そのとき、立ち上がった彼に髪を柔らかく掴まれる。

「おい、イザベラ。これは、俺のワガママでしかないが――」

幼少期の頃から繰り返される、まるで儀式のような彼の習慣。

「――俺が結婚するまでで良いから、どうか、他の男の元には嫁がないでくれ」

ウィリアム様はゆっくりと告げた。

……ズルい言い回しだわ。

心臓の音が高鳴り、視界はぼやける。瞬きをすると、涙が零れてしまうだろう。

ウィリアム様に背を向けたまま、私もいつものように問いかける。

「それは……命令でしょうか？」

彼はすぐには答えてくれない。

「……そうだ、命令だ」

「はい。それなら」

最後ぐらい笑顔を見せたくて、私は彼に最上級の微笑みを向けた。

彼も、ひどく嬉しそうに笑っている。

その顔を見て、胸に何かこみあげてくるものがあった。

出来ることなら、ずっとウィリアム様のそばにいたかった。

嘘をついたと、裏切られたとウィリアム様は思うかしら？

でも、離れるのが最善のはず。

私の髪に口づけを落としてから、彼の手が離れる。幼い頃から繰り返されたやり取りを最後に交わした。

そして、また明日もウィリアム様と会うかのように、私は去ったのだった。


夜半、荷物をまとめ終えた私は、屋敷をこっそりと抜け出す。

「待ちなさい、イザベラ」

突然、背後から誰かに呼び止められ、振り返る。

するとそこには、家政婦長のバーバラ様が立っていた。眼鏡をかけ、淡々とした口調の真面目な使用人たちの長。

「馬鹿なことを考える前に、私の元に来なさいと言ったはずです」

そう言って彼女は叱るが、私は急いで屋敷を出なければならない。

「もう……屋敷の使用人ではなくなるので……辞表は机の上に置いています」

伏し目がちになりながら、私は彼女に告げる。

「そう、ウィリアム様の子を産むと決めたのね」

「え？」

彼女にはどうやら全てお見通しのようだった。

「イザベラ、あなたにこれを」

そう言うと、バーバラ様は私にゆっくり近づき、麻袋を手渡す。

受け取るとずしりと重く、中からは、じゃらりと金貨が溢れてきた。

私は思わず目を見張る。

「バーバラ様、これは……？　こんな大金――」

「退職金のようなものです。受け取りなさい」

ブルーム伯爵様に仕事を辞めることは伝えていない。

バーバラ様が屋敷のお金に手をつけるはずはないので、おそらくこれは彼女のものだ。

「イザベラ、どうせ行く当てなどないのでしょう？　東にある国境沿いの村に向かいなさい。そこに私の親戚がいます。助けになってくれるはずです。あなたの素性に関しては、ここを辞めた使用人とだけ伝えてあります。このことは、誰にも口外しませんので」

口の堅い彼女がそう言うのだから、きっと私が妊娠しているとは誰にも知らされることはないだろう。焦りすぎて、どこに行くかなどは考えていなかった。

「バーバラ様、どうして私にこんなによくしてくださるのですか？」

「さあ、どうしてかしら？」

「え？」

一瞬、彼女が自嘲気味に笑ったような気がする。

「良いから行きなさい。ひとりで子どもを育てるのは大変よ。私が言っても、説得力はないけれど。村には良い人たちが多いわ。彼らを頼りなさい。私から言えるのはそれだけよ」

いつもは堅物の彼女が、私の身体をぎゅっと抱きしめてきた。

「あなたがいないと寂しくなるわ。おそらく皆も。自分では気づいていなかったでしょう。孤児だと蔑む者や、ウィリアム様に気に入られて嫉妬する者もいたけれど、それ以上に、イザベラは皆に愛されていたわ」

抱きしめてくる彼女は、まるで家族のように温かかった。

私にとって、屋敷の皆が家族のようなものだったと、そんな思いが今頃になってこみあげてくる。

涙が溢れそうになるのを我慢しながら、バーバラ様と離れた。

「イザベラなら、村の皆と仲良くなれるだろうし、新しい仕事もしっかりとこなせるはずよ。それに、良い母親にもなれる。さあ、行きなさい」

ウィリアム様にしたように、バーバラ様にも深々と礼をする。

「これまで、ありがとうございました」

最後に、灯りの消えた屋敷を見上げる。

ぎゅっとトランクを握ると、私は外へと向かって一歩を踏み出した。

こうして私は子どものために、幼馴染であるウィリアム様の元から逃げ出すようにして、ブルーム伯爵家から飛び出したのだった。

第四章　思い出を胸にしまったまま

ブルーム伯爵家を飛び出して、幾ばくかの月日が流れた。

あの日、屋敷を飛び出た私は、家政婦長バーバラ様の親戚を頼りに、汽車と馬車を何本も乗り継いだ先にある、国境沿いの村へと向かった。

村に着くと、バーバラ様の親戚だという宿屋の老夫婦が温かく迎えてくれた。

『バーバラから聞いたよ、大変だったわねぇ』

奥さんに優しく抱きしめられ、緊張しきっていた私はひとしきり涙を流した。

村には私と同じように訳ありの者たちが多いようで、若い身空で妊娠している私のことを、村人たちは何も言わずに受け入れてくれた。赤ん坊の父親は誰なのかと、ぶしつけに訊いてくる者がいなかったのも救いだったように思う。

それから臨月になるまで、住み込みで宿屋の手伝いをしながら過ごした。

そうして、ついに出産の日を迎える。初産は数日かかる者も多いと言われるが、例にもれず、私もかなりの時間を要した。

『イザベラちゃん、大丈夫よ。ほら、もう少しで赤ちゃんに会えるわよ』

ひどい激痛だったが、村の年老いた女性たちが代わる代わる、手を握ってくれたり、身体をさすってくれたりと産婆の手伝いをしてくれて、非常に心強かったのを覚えている。

『あら、可愛い。まるで宝石みたいに綺麗な赤ちゃんね』

初めて小さな我が子を抱くと、かつてない幸福感に包まれた。妊娠したと告げられたとき、産むと決めて本当に良かったと心から思う。

生まれてきた赤ん坊は、プラチナブロンドの髪に、蒼(あお)いサファイアのような瞳を持つウィリアム様によく似た男の子だ。

『……チャーリー』

赤ん坊の名前は生まれてくる前からずっと悩んでいた。そして、子どもの頃にウィリアム様にもらった絵本の主人公の名前――チャーリーと名付けたのだった。

もう二度と、この子の父親であるウィリアム様に会うことはないだろうが、チャーリーの成長を支えに生きていこうと改めて誓った。

しかし、数日経った頃から気分が沈むようになってくる。

たまたま宿屋で、赤ん坊を連れた若い夫婦の幸せそうな姿を見たからだろう。

もし、ウィリアム様が貴族ではなく何にも縛られない人物だったなら、あの若い夫婦のように私も笑顔で過ごせたのだろうか？

比べたらダメだと分かっているのに、どうしても考えてしまう自分がいる。

妊娠中にも不安はあったが、まだ子どもとの将来を想像して楽しめるような余裕があった。

だけど、実際に生まれた赤ん坊は、母親である私を待ってくれることはなく、昼夜を問わず泣き続ける。物語の中では、母親が抱きしめれば泣き止む赤ん坊がよく登場するが、実際の我が子はどれだけあやしても泣き止んではくれなかった。

ふにゃふにゃと動き、泣くばかりの息子は、自分が一瞬でも目を離せば死んでしまうだろう。

眠る暇もなく、出産で傷んだ身体を、疲労がどんどん襲ってきた。

……この子を産んで、ひとりで育てると自分で決めたのに。

人ひとりの命は重かった。

軽く見ていたわけではない。ただ、想像以上に重すぎたのだ。

鏡に映る自分の髪は乱れ、肌もぼろぼろで、どことなく荒んで見える。

情けないやら悲しいやらで、涙がとめどなく溢れた。

チャーリーの泣き続ける声と、私のすすり泣く声を耳にして、宿屋の老夫婦が駆け付けてきた。

『大丈夫よ、イザベラちゃん。私たちを本当のおじいちゃんとおばあちゃんだと思って、頼りなさい。赤ん坊を一緒に育てるのは、子どもの実の父親だけじゃないわ』

彼らの優しさに、心が救われるようだった。

この子には私しかいないのだと、自分ひとりだけで頑張らないといけないと気負いすぎていたのかもしれない。

それからの日々は、どうしてあんなにも未来を想像して絶望していたのか分からないぐらいに、心が少しずつ落ち着いていったのだった。

そうして、産褥期を経た今では元気を取り戻し、また宿屋の仕事を手伝うようになっている。

老夫婦は数人の子育て経験があるということで、母子ともに非常によくしてもらっていた。まるで本当の祖父母のように育児を手伝ってくれる。

そんなあるとき、貴族たちの避暑地が近くにあることを村人たちから聞かされた。

それをきっかけに、幼少期にこの近くのカントリーハウスに、ウィリアム様の付き添いで来たことを思い出す。

……遠目でも良いから、ウィリアム様に会いたい。

自分はなんてあさましい人間だろう。

彼の迷惑にならないようにと逃げたくせに、心のどこかでそう願ってしまっている。

チャーリーがウィリアム様の子どもであることは、私とバーバラ様しか知らないことだ。

彼の子を産んだことは、死ぬまで絶対に誰にも口にしてはいけない。隠し子がいると分かれば、彼の将来を危うくしてしまう。

誰かに言えたら、どんなに楽だろうかとも思う。あれだけ良くしてくれる、宿屋の老夫婦にさえ打ち明けることは出来ない。

産後すぐの落ち込みほどではなかったが、時々、無性に誰かに助けを求めたくなることがあった。

秘密にしておくことが、苦しくて苦しくて仕方がないときがある。

でも、そんなときも、愛しい我が子の顔を見ると、自分の判断は間違いではなかったと思えるのだ。

愛していた。いや、今も心の中に根強く居続けるウィリアム様とよく似た子どもを抱きしめながら、夜空を見上げ呟く。

「あなたと息子と三人で家族になれたら、どれだけ幸せだったでしょう」

だが、それは叶わぬ夢だ。

それならばせめて、遠いこの地から、彼の幸せを願うだけ。

「私はチャーリーを授かった。だけど、ウィリアム様には……。だから、どうか、優しいあの人にも、幸せな家族を与えてください」

そんなことを思いながら、毎晩、眠りにつくのが習慣になっていたのだった。


とある日中、背中にチャーリーを紐でくくりつけ、宿屋の手伝いをしていた。

最近は首がすわってきて、おんぶしたまま仕事が出来るようになっていた。さらに、睡眠のリズムも徐々に安定してきて、夜も眠れるようになっている。

「これで、昼間の皿洗いは終了ね」

食器を棚に片付けていたとき、耳をつんざくような息子の泣き声が聞こえる。

「あら？　チャーリー、起きちゃったの？」

紐をほどいて、元気に泣く我が子の背中をトントンと優しく叩く。

「チャーリーからはミルクの甘くて良い香りがするわ」

柔らかな息子を抱きしめると、幸せな気持ちになれる。

屋敷を出たときや産んだばかりの頃は、どうなることかと不安でいっぱいだったが、今ではすくすくと育つ我が子に癒されていた。

しばらくあやしていると、チャーリーは寝息を立てはじめる。

「寝ちゃったわね」

ちょうどそのとき二階から宿屋の奥さんが下りてきた。

「皿洗いが終わりました。何か他にお手伝い出来ることはありますか？」

「イザベラちゃん、いつもありがとう。そうね、夕食の仕込みをお願いしてもいいかしら？　最近老眼が進んで、手元がよく見えなくって。チャーリーは、私が面倒を見るわ」

「ええ、もちろんです。チャーリーをお願いします」

そう言って息子を預け、私は厨房で準備を始めることにした。

もう少しチャーリーが大きくなったら、今みたいに宿屋の手伝いだけじゃなくて、村の農作業も手伝いたいわね。

そんなことを考えていると、金色の短髪に青い瞳の青年――フィリップさんがやってきた。

「イザベラさん、皿洗いは済んだのかい？」

——おい、イザベラ。

金髪に青い瞳というだけで、他は全然似ていない人なのに、フィリップさんを見るとどうしてもウィリアム様のことが頭をよぎってしまう。

フィリップさんは、ウィリアム様と違って野性味溢れる見た目だ。明朗快活、朗らかな人柄である彼は、昔からの村の住人であり、とても気さくな人物だった。

さらにフィリップさんは、別れた恋人との間に出来た赤ん坊を育てている。子どもは彼と同じ青い眼に、元恋人の髪の色であろう黒髪を持った、とても愛らしい女の子だ。

……ひとりで子どもを育てて、きっとフィリップさんも苦しい恋をしてきたんでしょうね。

そんなことを考え、勝手に親近感を抱いてしまう。

チャーリーよりも少しだけ生まれの早い赤ちゃんを男手ひとつで育てている彼とは、子育ての悩みを相談し合う良き友人となっていた。

「フィリップさん、どうしたんですか？」

「搾りたてのミルクをもらってきたんだ、イザベラさんも必要かなと思って」

「わあ、ありがとうございます」

時々、母乳が出ないときがあるため、牛やヤギの乳は非常に助かる。

瓶に入った牛乳を受け取っていると、厨房に現れた宿屋の主人が声をかけてきた。

「イザベラちゃんもフィリップも若いんだ。ふたりはお似合いだし、ひとりで子どもを育てるのも大変だろう？　もうせっかくだから、結婚しちまいな」

「ええ⁉」

私はすっとんきょうな声を上げてしまった。

そんな私を尻目に、フィリップさんは宿屋の主人に話しかける。

「オレもイザベラさんも切り替えの早い人間なら、もうくっついちまってるって。それに、オレみたいな男には、イザベラさんのような気立ての良い女性はもったいないさ。なあ、イザベラさん？」

「え？」

フィリップさんにそう言われ、私は戸惑った。

「まあ、破れた恋を癒すのは、新たな恋のことだってある。覚えときな」

笑いながら宿屋の主人に言われて、私は愛想笑いを返す。

ふと、フィリップさんの横顔を見つめた。

宿屋の主人の言うように、お互いに新たな恋が出来れば、どんなに楽になれるか。

しかし、身の内を焦がすような恋情を抱くのは、今でもかつての主であり、幼馴染である彼――ウィリアム様だけだ。

どれだけ離れていても、燻り続けるこの想いは、どうしたら消えるのだろうか。

……私はいつか、他の男性を好きになれるのかしら？

心の中で考えるが、今はそんな気になれない。恋人を探す以上に、チャーリーを立派に育てるのだという気持ちの方が強い。

だが、チャーリーが大人になり、私の手から離れたとして、ウィリアム様以上に愛せる男性が現れる日がいつかはくるのだろうか？

目の前のフィリップさんも、同じように何か考え事をしているように見えた。

そのとき、宿屋の主人が大声を上げる。

「そうだ！　今度の休日、どっちの赤ん坊も預かってやるから、街に買い出しに行ってこい！　体力のある若いお前たちにしか頼めないんだ！」

「え？　村から街まで馬車で一時間はかかるし、頼み事っていったいなんだい？」

フィリップさんが宿屋の主人に尋ねる。

「……もうすぐ俺たちの結婚記念日なんだ。最近は、好きな者同士で同じアクセサリーを持つっていうのが流行ってるらしいじゃないか」

「はぁ……まさか、それを？」

「まぁ、なんだ、気分転換にでも、街に行ってこい！　あっ、サプライズしようと思っているから、あいつにはまだ言うんじゃないぞ」

宿屋の主人は、照れながらも嬉しそうに話す。

「チャーリーちゃんと、ベティちゃんの世話はちゃんとしておくからな」

そうして私たちは街に買い出しに行くことになった。


それから数日後。

私とフィリップさんは馬車に揺られ、他愛もない話をしながら街へと出てきた。

無事に買い物を済ませたが、休日ということもあり街は多くの人でごった返している。

隣を歩くフィリップさんから、なんとか離れないように必死だった。

「『体力のある若いお前たちにしか頼めないんだ』って、宿屋の主人は息巻いていたけど……蓋を開けてみりゃあ、奥さんへのプレゼントをオレたちに買ってきてもらいたかっただけだったな。宿屋の主人も可愛いところがあると思わないか？」

そう問われ、私はこくこくと頷く。

「大切な人へのプレゼントをこっそり準備するなんて、今のオレたちにはもう出来ないからな」

「そうですね」

「――フィリップ？」

ちょうどそのとき、フィリップさんの名を呼ぶ女性の声が耳に届いた。

私たちの目の前に、黒髪の綺麗な女性が立ち尽くしているではないか。質素なドレスをまとってはいるが、彼女からはどことなく気品が感じられる。

次の瞬間、彼女は走り去っていった。漆黒の髪が風に揺れてなびき、瞳からは涙が零れていた。

……あれ？　あの女性。

どうしてだか、どこかで彼女を見たことがあるような気がした。

だが、この街にあんな綺麗な女性の知り合いはいない。

「すまない、イザベラさん。追いかけてくる。先に馬車の乗り場に戻ってくれ。オレが遅くなるようだったら、先に帰ってもらっても大丈夫だ」

それだけ言い残すと、フィリップさんは女性を追いかけて、人込みの中に姿を消したのだった。

もしかして彼女は、フィリップさんの別れた恋人だろうか？

ひとりになった私は、人波の中を歩く。

……うぅ、なんだか具合が悪い。

産後で血の巡りが良くないのか、久しぶりに人の多い場所に来て酔ってしまったのか、どことなく気分の悪さを感じた。

胸に手を当てながら歩いていると、妊娠が発覚した日に必死に屋敷に戻ろうとしていたときのことを思い出す。

あの日は道端でうずくまっていたら、ウィリアム様が私を助けに来てくれたんだった。

もう一年も前の話だというのに、少しだけ意地悪な彼の甘い声音（こわね）や優しい所作など、まるで昨日のことのように思い出せる。

今頃、彼はどうしているのだろうか。

心に蓋をしようとしても、どうしてだか思い出すのは、彼のことばかりだ。

体調が悪いのも相まってか、涙が勝手にこみあげてくる。

『アイリーン嬢との縁談話を断ったら、改めて俺の気持ちをお前に伝えたいんだ』

寝たふりをした私の髪を撫でながら、彼はそう呟（つぶや）いていたけれど、結局何を伝えたかったのだろうか？

それを聞いてから ウィリアム様と離れていれば、ここまで苦しくなかったのかしら？

だが、永久に聞くことは出来ない。自分でそれを望んだくせに、心がどうしても揺れ動いてしまう。

なんだかこれ以上歩ける気がしなくなって、薄暗い路地裏にしゃがみ込んだ。

ざわざわとした喧騒から、少しだけ離れる。地面はひんやりとしている。

「……ひっく……」

そう言えば、ウィリアム様と初めて出会ったときも、こんな路地裏にしゃがみ込んでいたわね。

暗くてじめりとした誰もいない場所で、子どもの頃の自分は、今と同じように泣きじゃくっていた。

『イザベラというの？　良かったらついてこない？』

天使が迎えに来てくれたと、小さい頃の私はしばらく信じていた。

子から離れる時間を得たからだろうか、今日はウィリアム様のことを思い出してばかりだ。

ひとりの女性に気持ちが戻っているのかもしれない。

ウィリアム様のことを忘れられたら、どれだけ楽だろうか。

けれど、どうしても彼を忘れることが出来ない。時間が経てば忘れられると思っていたのに、胸の内からどうしても消えてくれないのだ。

「私は……」

そのとき、泣いている私の頭上に影が差した。

近くに人が来ていることに気づいていなかった。路地裏には良からぬ者も多く潜んでいる。長居は失敗したかもしれない。

涙で濡れた瞳をこすり、顔を上げる。

しかし、路地裏の合間から覗く陽の光の逆光で、相手の顔は見えない。

背格好からして、長身痩躯の男性だということだけ分かった。

男が口を開く。

「お嬢さん、大丈夫ですか？」

身体がびくりと反応する。全身に衝撃が走るようだった。

……この声。でも、まさか、どうして、こんな辺鄙な田舎に？　あの人がいるはずが……

ふと、貴族の別荘地が近くにあったことを思い出す。

「具合が悪いのでは？」

雲が流れて、相手の顔がはっきりと見えた。綺麗な手を差し伸べてきたのは、プラチナブロンドの髪に、サファイアを彷彿とさせる蒼い瞳の美青年。

「あ……」

「……っ！」

大きく見開かれた彼の瞳が湖面のように揺らめき、海を想起させる爽やかな香りが届いた。

「イザ……ベラ……？」

……私は夢を見ているの？　それとも彼への想いが募りすぎて見えた幻覚？

かつて孤児だった私を拾い、幼い頃からともに過ごし、一夜限りの愛を交わした青年。

チャーリーの父親であるウィリアム様、その人だったのだ。

凛々しい眉に、金色の長い睫毛、長い鼻梁に、弓なりの美しい唇。長身痩躯の引き締まった身体。

私の名を紡ぐ声音は、ひどく甘美に聞こえる。

ただ、どことなく、以前よりもやつれたように見える。

その場から逃げ出したかったが、うずくまっていたため動きが遅れてしまう。

ひとまずバレないようにと、私は顔を背けた。

「おい、イザベラ。イザベラだろう？」

長年一緒に過ごした彼に声をかけられ、反射で「なんでしょうか？」と返しそうになる。

……ダメよ、イザベラ。ここで返事をしたら、なんのためにウィリアム様から逃げ出したのか分からなくなるわ。

複雑な感情が交り合う中、自分自身にそう言い聞かせる。

とにかく、この場を切り抜けないといけない。チャーリーを、宿屋の夫婦に預けてきて本当に良かった。

「俺がお前を見間違えるはずがない。イザベラ、こっちを向いてくれ」

彼の懇願するような声に、心が揺らぐが、唇を噛み締めて耐える。

「おい、イザベラ。皆からはお前のことは死んだと思えと言われたが、俺は絶対に生きていると……」

ウィリアム様の声は震えていた。

ブルーム伯爵家で私はどういう扱いになったのか気にはなったが、ここはどうにかやり過ごす必要がある。

そっぽを向いたままでいると、ウィリアム様が謝罪してきた。

「お嬢さん、警戒させて申し訳ない。人違いだったようだ。誰か君を介抱出来る女性を連れてこよう」
そう言うと、ウィリアム様の影が私から離れた。
今のうちに彼と反対方向に逃げれば、気づかれることはない。
でも、一目で良い、背中だけでも良い。もう一度だけ彼の姿を目に焼き付けたい。
欲が出た。
『おい、イザベラ、なんで俺のあとをついてこないんだ、早くしろ』
彼が口癖のように、私を何度も呼んでいたことを思い出す。
天使のように愛らしかった美少年の背を、子どもの頃からずっと追いかけてきた。
今、逞しく広くなった彼の背が、私の瞳に映っていた。
「……ウィリアム様」
つい、ぽつりと呟いてしまった。
思わず出てしまった声にはっとして、このままではいけないと一瞬で我に返る。
神の悪戯だろうか。一度だけでも彼に会えて良かった。
私は彼の反対方向に一歩を踏み出す。
「おい、イザベラ！」
背を向けた私に声がかかる。

「――っ！」

どうやら、ウィリアム様はこちらを振り返っていたようだ。

駆け出そうとした脚が止まる。身体を動かそうとするが、その場に縫い付けられたかのように動けずにいた。

仕えていた頃の記憶が、はたまた自分自身の彼に会いたいという思いが、無意識にそうさせてくるのかもしれない。

「お前自身は気づいていないのかもしれないが……」

動けないでいる私の元へと、彼が近づいてくるのを感じる。

ダメよ、イザベラ、早く逃げて。

彼と一夜をともにしたときだって、子どもを授かったときだって逃げ出せた。

それなのに、どうして脚が動かないの……

脚が震えて動けない間に、背後に彼の気配がどんどん近づいてくる。

「お前は俺が名前を呼ぶと、必ず一度、身体をぴくりと動かすんだ」

砂利を踏みしだく音が迫る。もう彼は間近だ。

「死んだんだ、捜しても無駄だと言われていたが……俺は、お前をずっと捜し続けていた」

ウィリアム様にそう言われ、私の心は揺れてしまう。

……ダメよ、私はチャーリーを守らないといけないのよ。ここで逃げないと、なんのために彼から逃げ出したのか分からないわ。

「おい、イザベラ」

「っ！」

気づけば、私はウィリアム様に後ろから抱きしめられていた。

逞しい胸板が背に触れ、爽やかな香りが強くなる。

「どうして、お前は俺に心配ばかりかけるんだ？　俺から離れることは許可していないはずだ」

ひどく狂おし気にウィリアム様は告げてきた。

頭に彼の吐息を感じて、私はぴくりと反応してしまう。

抱きしめてくる腕の強さと温かさで、これが夢ではないと分かる。彼の鼓動が聞こえそうなほどに、強く強く抱きしめられていた。

「ウィ、リアム様、私は……」

口ごもる私の耳元で、彼が呟く。

「違う。そんな命令を、俺はお前に言いたいんじゃない」

彼が唇を噛み締めているのが分かる。

こちらを探るように、彼は再び口を開いた。

「俺が言いたいのは……」

私の髪に、彼は顔を埋めてくる。

「イザベラ。夢を追いかけてどこかに行ったのだとしても、愛する誰かの元に向かったのだとしても、お前が俺を嫌って伯爵家を飛び出したんだとしても……。俺はなんでも良かったんだ」

私の首筋に何か温かいものが落ちてきた。

「俺は……お前が、生きてさえいてくれれば。それ以上は、もう何も望んでなくて……」

互いの立場がある。離れないといけない。

……だけど神様、もう少しだけ。

抱きしめてくる彼の両腕に、恐る恐る両手を添わせる。

「イザベラ……イザベラ……」

初めて結ばれたとき以上に、何度も私の名を愛おし気に呼びながら、涙を流し続けるウィリアム様。そんな彼の腕を、振りほどくことは出来なかった。

「イザベラ、お前が生きていてくれて、本当に良かった」

私をきつく抱きしめていたウィリアム様が両腕をほどく。

彼の身体が離れるとき、一抹の寂しさが襲ってきた。

「ウィリアム様……」

私は恐る恐る彼の方を振り向く。

久しぶりに再会した彼は、私の顔を見ると、以前のように柔らかく微笑む。

変わらない彼の優しさに、胸が締めつけられるようだった。

少しだけ眉根(まゆね)を寄せたウィリアム様が、苦しそうにぽつりぽつりと語りはじめる。

「突然、イザベラが屋敷からいなくなった。部屋はもぬけの殻で、一枚の手紙が置いてあって、『屋敷を出ます。ごめんなさい』としか書いてなかった。詳しい事情が分からず、バーバラに問いかけたが『詳細は知らない』と返答された」

眼鏡をかけ、淡々と話す家政婦長を思い出す。口の堅い彼女は、しっかりと私の秘密を守ってくれていたようだ。

「他の使用人たちに訊いても、理由が分からないと言う。俺がおかしなことばかり命じたから、仕えるのが嫌になったんじゃないかと、しばらく後悔していた。だが、そのうち使用人たちが噂をするようになった」

噂と聞いて、ドキリと心臓が跳ねる。

具合が悪そうにしていた私を思い出して、妊娠したのだと憶測されただろうか。

けれども、それは杞憂だった。

「使用人たちは『最近のイザベラは具合が悪そうにしていた。彼女は真面目だから、突然仕事を辞めるなんてあり得ない。何か大病を患ってしまったから、何も言わずに出ていったのではないか』と」

さらに彼は続ける。

「最後にお前と会ったときは、確かに具合が悪そうだった。病気ではないとお前は言っていたけど、本当は皆の言うように何かあったんじゃないかと思って、国中の診療所や病院に手紙を出したり、実際に顔を出したりしたが見つからなかった」

ウィリアム様が私をずっと捜していた？

胸が締めつけられるようだ。

彼を苦しめたくて、私は屋敷を飛び出したのではない。

「イザベラ、お前が言いたくないのなら言わなくて良い。だが、出ていったのには、何か理由があるのか？　お前が困っているのだったら、俺が力になれることなら助けたいと思っている。それに、お前が嫌じゃなかったら、ブルーム伯爵家に戻ってきても構わない」

突然、姿を消さなければならなかった理由。

それは目の前に立つウィリアム様の子である、チャーリーを産み育てるためだ。

それにブルーム伯爵家に戻るつもりは毛頭ない。

だが、それを正直に言うわけにはいかなかった。

ウィリアム様には、婚約者であるアイリーン様がいる。婚約してから、もう一年が経つし、ふたりは結婚しているはずだ。

チャーリーの存在を知れば、皆が苦しむだけだろう。

下手（へた）をしたら、彼らの両親であるテイラー侯爵様やブルーム伯爵様がよからぬ何かをしてくるかもしれない。

「私はこの街の近くの村で、宿屋の手伝いをして過ごしています」

街の周囲に村はいくつもある。特定するのは難しいだろうから、これぐらいなら言ってもいいだろう。

消えたわけは、先ほど彼が言ったように夢を叶えるためだと言っておこう……

「理由は――」

「馬車の乗り場にいないから捜したよ、イザベラさん！」

答えようとしたちょうどそのとき、表通りの方から声をかけられた。

はっとして、そちらを振り返る。

声の主は、育児仲間のフィリップさんだった。

金髪碧眼の青年がふたり。だが、ウィリアム様は貴族的な優雅さが際立つのに対し、フィリップさんは野性味が強い印象がある。

「貴殿は……？」

ウィリアム様がそう呟いたとき、私はあることを閃く。

こちらに向かってくるフィリップさんの元に、私は駆け寄った。

そうして、ウィリアム様にフィリップさんを紹介する。

「ウィリアム様。フィリップさん、いいえ、フィリップは私の夫です」

ウィリアム様は目を見開く。

「イザベラの夫？」

「そうです。イザベラさん……いや、イザベラの……妻の知り合いでしょうか？」

フィリップさんも何かを悟ったのか、私の話に合わせてくれる。

ウィリアム様の蒼い瞳が、海のように揺らめいていた。

しばらく三人の間に沈黙が訪れ、表通りの喧噪がやけに大きく聞こえる。

「私は病気なんかではなく、屋敷以外の場所に行ってみたくて、ブルーム伯爵家を飛び出したんです。そうして宿屋で働きはじめ、フィリップに出会って、恋に落ちてしまいました。先月、村の小さな教会で式を挙げて、晴れて夫婦になったんです」

私はウィリアム様に嘘を伝えはじめる。

フィリップさんも相槌を打ってくれた。

微動だにしないウィリアム様だったが、ゆっくりと口を開く。

「……そうか。お前が幸せに暮らしているのなら、それで良いんだ」

ウィリアム様は寂しげに微笑んだ。

ズキンと痛む胸を落ち着かせながら、私は彼に深くお辞儀する。

「理由も告げずにブルーム伯爵家を飛び出して、申し訳ありませんでした。このことは、屋敷の皆には内緒にしていただけたら助かります」

「分かった」

「ウィリアム様にお会い出来て良かったです。それでは」

そうして、雑踏に向かって、フィリップさんと私は歩き出した。

「おい、イザベラ」

背を向けた私にウィリアム様が声をかけてくる。

「はい、なんでしょうか？」

つい、以前のように私は振り向く。

「健康管理だけはしっかりしておけ、周囲の者が気を遣うんだからな」

いつもの素直じゃない言い回しのウィリアム様に戻っていた。

「それと……」

彼は続ける。

「何か困ったことがあったら、いつでもブルーム伯爵家を頼ってくれ。お前の部屋はそのままにしてある」

「ありがとうございます」

もう私がブルーム伯爵家に戻ることはない。ウィリアム様の優しさが、嬉しくもあり苦しくもあった。

どことなく哀しそうな彼が私に向かって告げてくる。

「これで俺も……アイリーン嬢との結婚に踏み出せる」

衝撃が走った。

「え?」

ウィリアム様は、まだアイリーン様と結婚していない?

前を向いたままだったフィリップさんも、ウィリアム様の方を振り向く。

路地裏の暗さで、彼の表情がよく見えない。

「アイリーン嬢との縁談を断り切れず、願いが叶わなかった俺は、お前がいなくなったあと、父上に対し、別の願いを口にしたんだ」

「別の……願い……？」

別れの挨拶をしたばかりだというのに、私は彼に問いかける。

「ああ。お前を捜すために、一年だけ結婚までの猶予をもらうという願いを」

「私を、捜すため？」

思わず、私は目を見開いてしまう。

一方ウィリアム様は、フィリップさんに対して深々と頭を下げた。

「イザベラの家族になってくれて、ありがとうございます。どうぞ、よろしくお願いします」

幼馴染の彼は私に蕩けるような微笑みで告げる。

「イザベラ、幸せに。お前が幸せなら、俺も幸せだから」

私はまた彼に最敬礼した。

そうして、その場をフィリップさんと一緒に立ち去る。

つい何度も後ろを振り返ってしまう。

ウィリアム様もしばらくこちらを見ていた。

最後に見たとき、彼は地面に落ちた何かを拾い上げているようだった。

「一目だけでも会えて良かった」

胸の中に、甘い記憶と苦い思いが拡がっていく。

もう今度こそ、ウィリアム様と会うことはないだろう。

「……これで良いのよ、これで」

息子のことも愛する人のことも周囲の人のことも――全ての人々の未来を守るために、最善の選択をした。

私はウィリアム様に恋した女性であるが、愛息チャーリーを守る母でもあるのだ。

第五章　再び求め合う

ウィリアム様との偶然の再会から数日が経った。

宿屋でいつも通り皿洗いをしていた私は気もそぞろだった。

「街に落としたのは間違いないけれど、あんなに大事なものを失くすなんて……」

ウィリアム様にいただいた、金の台座に青く煌(きら)めくサファイアの載った指輪。

指につけるとさすがに目立ってしまうので、ネックレスに通して身につけていたのだ。

癖で、胸元に手を持っていくが、そこには何もなかった。

今度街に行ったときに探そうと考えるが、もう質(しち)に入れられているかもしれない。

大切なものだったから、いつも肌身離さず身につけていたのだが、それが裏目に出たようだ。

「イザベラさん」

ぼんやりしながら厨房で皿を拭いていると、いつの間にか現れたフィリップさんが声をかけてきた。普段は溌溂(はつらつ)としているが、今は真剣な表情をしている。

「何かありましたか？」

「ああ、今から少し村を離れる。……オレが帰ってきてからで良い。この間、街で会ったウィリアムという貴族について尋ねたいことがある」

私は目を見張った。

「ええっと、どうしてでしょうか？」

ウィリアム様とチャーリーは瓜ふたつで、息子の父親だと発覚してしまうリスクが高い。そのため極力、彼の話題に触れたくない。

「言いたくないかもしれないが、お互いのために悪くない話だと思っている」

そのとき、宿屋の玄関口からフィリップさんを呼ぶ声が聞こえた。

「それじゃあ」

そうして、彼は宿屋から去っていった。


夕方。フィリップさんが立ち去ってしばらくした頃から、にわか雨が降りはじめる。

「急いで洗濯物を取りに行かないと」

宿屋の奥さんにチャーリーの面倒を見てもらい、私は宿屋の裏側に走って、洗濯物をカゴに放り込む。

どんどん雨足は強くなり、洗濯物をかばいながら宿屋の玄関へと駆けていたら、水たまりに脚をとられてしまった。

「きゃっ！」

濡れた地面に転んでしまう。

そう思ったのだが、誰かに腕を引き寄せられ、倒れることはなかった。

「ごめんなさい、ありがとうございます」

振り向こうとしたとき、村に似つかわしくない香りがふわりと鼻腔をついた。

……この香り。海を連想させる爽やかな芳香。

あの人と同じ香水をつけている人が村にいるのだろうか。

ぱっと後ろを振り向くと、思わず瞠目した。

「おい、イザベラ。お前は本当に、ちゃんと宿屋で働けてるんだろうな？」

そこには、プラチナブロンドの髪に蒼い瞳をした美青年が立っていたのだ。

傘を差し、雨に濡れないように、私の身体を支えている。

彼は明らかに高級な布地で出来たアイボリーブラックのインバネスコートを身にまとっていた。急な激しい雨に打たれたからか、傘があるにもかかわらず衣服がびっしょりと濡れている。

「ウィリアム様、どうしてこんなところに？」

まさかウィリアム様が、この宿屋に来るなんて全く予想しておらず、混乱してしまう。

チャーリーに気づかれないうちに帰ってもらわなければならない。

心臓がバクバクと動いて落ち着かなかった。

「数日かけて、街の周囲にある村の宿屋をしらみつぶしに回っていた」

この一年、国中の病院と診療所を捜し回ったと言っていたウィリアム様のことだ。

村がたくさんあるからと思って、街で再会したときに、宿屋のことを話したのは迂闊だった。

いつも自分の愚かな振る舞いを悔いるが、もう遅い。

「イザベラ、お前に届け物がある」

「届け物、ですか？」

「ああ、そうだ」

彼は続ける。

「ところで、お前のところの宿屋で、雨が止むまで少し休ませてもらえないだろうか？

もちろん金は払う」

本当は、一刻も早くウィリアム様にこの場を立ち去ってもらいたい。

だけど、宿屋の収益にもなるし……お客様としてなら問題もないだろう。

心の中で、言い訳をしてしまう自分がいる。

「分かりました。どうぞ、宿屋の中へ」

「ありがとう」

そうして、ウィリアム様に傘を差されながら宿屋に入ったのだった。

チャーリーを預けている宿屋の奥さんには二階に上がってもらい、一階には下りてこないように念を押す。

ウィリアム様にチャーリーのことを知られるわけにはいかないのだ。

私は宿屋の一室にウィリアム様を案内する。

傘を差していたものの、彼はびしょ濡れだった。雨に打たれてもなお、彼の髪は光り輝き、蒼い瞳は煌めきを失ってはいない。

ウィリアム様は替えの服を持ち合わせていないようで、宿屋の主人が若い頃に着ていたものを貸すために客室へと入る。

「ウィリアム様、入ります。きゃっ！」

扉を開くと、真っ先にウィリアム様の上半身が目に入った。

引き締まった体躯が視界に入り、心臓がバクバクと音を立てはじめる。

「ごめんなさい！　まさかもう脱いでいるとは知らずに……」

動揺する私は、うっかり手に持っていた服を落としかけた。慌てて両手で掴み直した結果、体勢を崩し、外と同じように転んでしまいそうになる。

「イザベラ、相変わらず、お前は俺に心配ばかりかけるな。今日だけで二回目だぞ」

気づけば、ウィリアム様に抱き寄せられていた。

外で抱きしめられたときよりも密着度合いが明らかに高い。

彼の逞しい胸板に頰を寄せる形となり、いよいよ心臓の音がうるさくなる。頰も一気に紅潮していくのが分かった。

そんな私を見て、彼は疑問を口にする。

「夫がいるという割には、反応が――」

「夫以外の男性は、また別でして」

フィリップさんが夫ではないことが、ウィリアム様にばれてしまうと思い、慌てて否定した。

ウィリアム様の視線をひしひしと感じる。

……嘘だってばれたかしら？

彼はため息をついたあと、こう言った。

「まあ、お前がそう言うなら、そういうことにしておいてやる。おい、イザベラ」

「なんでしょう?」

以前と同じ調子で言われたので、つい癖で、思わず返してしまう。

「……ひとつだけ、俺の願いを叶えてくれないか?」

縋(すが)るような瞳を彼から向けられ、私はたじろぐ。

「お前の作ったオムレットがもう一度食べたいんだ。金は払うから、作ってくれないか?」

「え?」

ウィリアム様が私に望んだ、たったひとつの願いとは、あの日の夜——一晩だけの恋人になってほしいと言われた夜のように大仰なものではなく、非常にシンプルなものだった。

「えっと、本当にそんなもので良いのですか? 夕食時ですし、何か別のメニューの方が良いのではないでしょうか?」

「イザベラの作るオムレットが食べたいんだ」

確認しても、彼はそう主張するだけ。去年と比べると、ウィリアム様が痩せているのも気になる。

「……分かりました。今回は、追加料金はいりません。失礼いたします」

そう伝え、部屋をあとにした。

調理に入る前に、チャーリーの顔を見に行くと、いつもよりぐずっていた。普段と違う息子の様子が気にかかったが、オムレットを作るために厨房に向かう。

そうして、ウィリアム様の好物であるふわふわのオムレットを作り、再び宿屋の一室に戻る。

着替え終わった彼は、木製のテーブルの近くにある椅子に腰かけ、私のことを待っていた。前開きの清潔な白いシャツの釦をきちんと一番上まで留めているあたりが、ウィリアム様らしいと思う。雨に濡れていたプラチナブロンドの髪も、もうすっかり乾きかけていた。

「ウィリアム様、どうぞ召し上がってください」

縁に銀の蔦模様が施されている白くて丸い皿を、そっとテーブルクロスの上に置く。

「ありがとう、イザベラ」

室内に、卵とミルクの交じり合った甘い香りが拡がる。

「いいえ、宿屋の仕事の一環ですので」

「そうか」

少し対応が冷たいかもしれない。ずきりと胸が痛んだが、あくまで今の私たちは、宿屋の従業員と客という関係でしかない。

屋敷にいた頃のようにウィリアム様は礼儀正しくフォークを手に取ると、蒼い瞳を爛爛と輝かせながら、甘いオムレットを頬張りはじめる。

……ウィリアム様、変わらない。

彼が卵料理を食す光景を見ていると、ひどく懐かしく感じられて、なんだか胸が苦しくなった。

たとえ彼が他の女性と結婚したとしても、ずっとこういう毎日が続くのだと、使用人として働いていた当時は思っていた。

そうして、いつものように、彼は笑顔で食べきるのだろう。

そう思っていたのだが、あと少しで完食というところで彼の手が止まった。

「俺は、イザベラが作るオムレットが……」

言葉に詰まる彼の表情を見て、さらに胸の苦しさが増す。

「この世で一番、好物なんだ」

ウィリアム様の蒼い瞳からは涙が零れ落ちていた。

「俺は……もう一生食べられないと……」

「ウィリアム様」

こちらまで胸が詰まりそうだった。

周囲に私が死んだと言われ、ウィリアム様はどんな風に考えていたのだろう。

迷惑かもしれないが、もういっそのこと彼を抱きしめてしまいたかった。

だけど、情に流されてはいけない。

目頭が熱くなってきたのを必死にこらえて、会話を切り替える。

「以前よりもお痩せになられましたね」

「ああ、そうかな……そうかもしれない。お前がいなくなってから、食が細くなってしまって……」

やはり、そうだった。昔に比べると、明らかにウィリアム様はやつれていたのだ。

「もう一度、食べることが出来て、本当に……」

嗚咽まじりで呻くように、彼は呟いた。瞳からは涙が流れ落ち、頬を濡らしていく。

いつになく素直な彼は、泣きながら続ける。

「本当は、ずっとお前には俺のそばで、こうやって手料理を作ってもらいたくて――」

そこまで言うと、彼ははっとした表情を浮かべ、慌てた様子でオムレットの最後の一口を食べきった。

立ち上がった彼は、まだ少し濡れているコートを手にとると、寂しそうに微笑んだ。

「すまない。婚約者がいる男が、夫のいる女性に言って良い言葉ではなかった。願いを叶えてくれて、ありがとう」

彼に差し伸べかけた手を、私はぎゅっと握って落ち着かせる。

「こうして時々、客として君のオムレットを食べに来てもいいだろうか？」

「それは……」

――やめていただきたい。

ウィリアム様が客として来るということは、その分、彼がチャーリーと出くわす可能性が高くなるということだ。

まだ赤ん坊の今ならば、金髪蒼眼（きんぱつそうがん）の愛息はフィリップさんの子だと誤魔化せるかもしれない。だが、長（ちょう）ずるにつれてウィリアム様に似ていくだろう。

そうすれば言い逃れが出来ない。

そう考えていると、彼がコートのポケットから何かを取り出し、私に差し出してくる。

「イザベラ、これを」

彼の掌（てのひら）に載るものを見て、私は目を見張った。

光り輝く金の台座に、蒼（あお）いサファイアが煌（きら）めく指輪。

それは、私が街で落としたものだった。

思わず、ひゅっと息を呑む。

彼はまた指輪をポケットにしまった。

「イザベラ。俺の気のせいかもしれないし、おかしなことを訊くが……本当にあの男、フィリップとやらはお前の夫なのか?」

「そ、それは、その、本当です。どうしてそう思われたのですか?」

たじろぐ私は彼から視線を逸らした。

「お前が、俺との約束を破ったことは一度もないからだ」

ウィリアム様は断言する。

そう、確かに私はウィリアム様が結婚するまでは、自分も結婚しないと彼に約束していた。

「てっきり、ウィリアム様はアイリーン様と、とっくに結婚なさっていると思って――」

「だったら、俺の目を見て話してくれ」

「……っ」

いつの間にか近づいていたウィリアム様が、私の両肩に手を乗せ、彼の方へと顔を向けさせる。

彼の蒼い瞳には真剣な光が宿っていた。

「お前が幸せなら、それで良いと俺は思っている。だけど、もしお前が苦しんでいるなら、話は別だ」

普段は甘い声音の彼の口調も、今はひどく真摯なものだった。

「イザベラ、お前は俺に何を隠している？」

肩に置かれた両手の力が強くなる。

逃げ出したいが、逃げられない。

だけど、どうにかして切り抜けなければならない。

愛しいチャーリーのことを、父親であるウィリアム様に知られてはいけないのだ。

彼のまっすぐな蒼い瞳から目を逸らせない。まるで深い海にでも囚われたかのようだ。

それでも何か言わなきゃいけない。

「ウィリアム様、私は――」

「イザベラちゃん‼　チャーリーちゃんが……！」

突然、宿屋の奥さんの悲鳴が、私たちふたりの元に届く。

ウィリアム様のいる部屋から、私は慌てて駆け出す。

「どうしたんですか⁉」

奥さんの元に駆け付けると、彼女の腕の中にいるチャーリーがぐったりとしているではないか。

息子の額（ひたい）に手を置く。子どもは熱を出しやすいと言うが熱はなさそうだ。

しかし、明らかに様子がおかしい。

「イザベラちゃん、チャーリーちゃんが一度吐いたんだ。そして火がついたように泣き出したかと思ったら、静かになって……そうこうしているうちにぐったりしちゃって」

奥さんからチャーリーを引き渡してもらう。

「チャーリー、チャーリー、しっかりして！　あなたに何かあったら、私は！」

何度も名を呼ぶが、反応に乏しい。

焦燥感（しょうそうかん）だけが募る。どうすれば良いか分からなくて、思考がまとまらない。

瞳から涙が溢れ出す。

チャーリーの身体に異常がないかどうか、衣服を脱がせてみる。

すると、おしめの中に、べっとりと赤い粘液まじりの便が付着しており、私は青ざめてしまう。

「チャーリー！　血が出て……お腹がどうかしたの？」

だけど、チャーリーはぐったりしたままだ。

「イザベラ、どうした⁉」

焦（あせ）りと混乱のまま、子どもを抱きしめていると、後（うし）ろからウィリアム様が現れた。

「ウィリアム様、チャーリーが……」

「チャーリー？」

「私の大事な子どもが！」

咄嗟（とっさ）に叫んでしまった。

「イザベラの、子ども？」

パニックを起こしかけていた私は、ウィリアム様がチャーリーを見て、瞠目（どうもく）していることに気づけなかった。

「村に医者は？」

慌（あわ）てる私とは反対に、ウィリアム様は至極冷静（しごくれいせい）に、宿屋の奥さんに問いかける。

「ちょうど、街に出てしまっています」

「そうか、ここからなら、貴族の避暑地に戻るよりも、街に行った方が近いな。馬はいるか？」

「馬はいますが、今日はフィリップさんをはじめとした若い衆は村におらず」

「おい、イザベラ、行くぞ」

ウィリアム様が私の腕を掴む。

「どこへ？」

「決まっている、街だ。俺が医者のところまで連れていってやる」

私が泣きながら見上げると、ウィリアム様は力強くそう告げた。

そうして、私は縋りつくようにウィリアム様の手をとったのだった。


街の診療所に着くと、医者と看護婦が現れ、すぐに対応してくれることになった。

混乱した親が近くにいると治療に影響が出るかもしれないと言われ、ぐったりとしたチャーリーから引き離され、診察室の外で待つ。

ただ待っていても私は不安で仕方がなく、落ち着かずにうろうろと廊下を歩き回る。

「チャーリー」

もう少し早く気づいてあげれば良かった。

自分のことにばかり気をとられてしまっていたことに対して、激しい後悔が襲ってくる。

「おい、イザベラ」

黙って待合室の椅子に座っていたウィリアム様が、私に声をかけてくる。

「はい。……なんでしょう」

習慣とは恐ろしいもので、こんなときでも彼につい返事をしてしまう。

「少し夜風に当たりに行くぞ」

ウィリアム様に言われたが、私は首を横に振る。

「チャーリーの元から離れるわけには……」

「母親だから、子どもが心配なのは分かるが、ここにいても祈ることしか出来ない。看護婦がお前を心配して、何度か見に来ているぞ。あの子の治療に集中させてやれ」

祈ることしか出来ないと言われて落ち込んでしまう。

そんな私に向かって、ウィリアム様は慌(あわ)てて口を開(ひら)いた。

「ええっと、俺は、お前を落ち込ませたいわけじゃなくてだな……とにかくついてこい」

屋敷にいた頃のように、私は彼のあとをついていく。

もう夜も更(ふ)けていて、街はしんと静まり返っていた。

月明かりの下、ウィリアム様に連れられてきたのは、診療所の敷地内にある花壇の前だった。

ちょうど椅子が置いてあり、ふたりで腰かける。

少し離れた場所に診療所の灯りが見える。

チャーリーのことが心配で私の焦り（あせ）は続いていた。

夜風に紛れて、花の甘やかな香りと海を連想させる香りが鼻腔（びこう）をついてくる。

「イザベラ。子どもの頃、お前に与えた絵本に載っていた主人公の名前がチャーリーだった」

「……はい」

「お前がひどく気に入っていたから、俺が何度も読んでやったな」

ウィリアム様の言う通り、何度もその絵本を読んで聞かせてくれた。

そのおかげで、庶民では学ぶ機会のない者さえいる中で、私は読み書きが出来るようになった。

現在、住んでいる村では、字が読めるということで重宝されている。今の自分が生活出来ているのは、子どもの頃からウィリアム様が色々と教えてくれたからに他ならない。

「あの絵本のチャーリーは、わんぱくで無茶をして、よく両親に心配をかける少年だった」

彼の声が、絵本を読んでくれていた頃のように優しく胸に響いてくる。

「しかし絶対に、自力で危機を乗り越える。そんな主人公だっただろう？　そんなやつの名をもらっているんだ。病気に関しては門外漢だが、あの子だって、ちゃんと元気になる」

いつの間にかウィリアム様に肩を抱かれて、私は彼の胸に頭を預けていた。

「ウィリアム様……っく……」

こみあげてくる涙を我慢することは出来なかった。

そんな私の肩を、ウィリアム様の大きな手が支えてくれる。それ以上、彼が何かを語りかけてくることはなかった。もちろん、赤ん坊の詳細についても尋ねられなかった。

静寂の中、彼に抱き寄せられているうちに、だんだんと落ち着きを取り戻していく。

成長した彼の胸は頼もしくて、いつまでもこうしていたいと思うほどに心地がよい。

――どれぐらいの時間が経っただろうか。

「チャーリーくんのお母様！」

看護婦が私を呼びに来た。

診療室に戻ると、いつもに比べると元気は足りなかったが、私の方を見て、にっこりと笑うチャーリーがいた。

安心してまた涙が出てしまう。

「腸の一部が他の腸の中に潜り込んでいましたので、元の状態に戻す処置をしました。ちょうどチャーリーくんぐらいの年の子に多いのです。もう大丈夫でしょう」

「ありがとうございます。なんとお礼を申し上げれば良いのやら……」

「馬を飛ばして早く来てもらえて良かったです。一日以上経つと、重篤な状態になることも多いので……。安定はしていますが、念のために朝方まではここで過ごしてください」

医者からそう告げられ、私はひどく安堵する。

ウィリアム様が乗馬が得意だったおかげで、チャーリーは助かったのだ。

「分かりました。本当にありがとうございました」

そうして、朝方まで診療所で過ごしたのだった。

翌朝。またウィリアム様と一緒に馬に乗って村へと帰る。

行きの馬上では、チャーリーが心配で気が気ではなかったが、帰りは落ち着きを取り戻していた。

ただそのせいで、チャーリーを抱く私を抱きかかえるようにしていたウィリアム様の逞しい胸板を背に感じてしまい、緊張して仕方がなかった。

そうして、太陽が南中にかかろうとする頃、ようやく宿屋に戻ってきた。

「ウィリアム様、本当にありがとうございました」

村の宿屋の一室で、ベッドに座るウィリアム様に対して、私は深々とお辞儀をした。

「いや、気にしなくて大丈夫だ。良かった、チャーリーが元気になって……」

しばらくふたりの間に沈黙が訪れる。

落ち着かずにいると、先に沈黙を破ったのは、ウィリアム様だった。

「おい、イザベラ」

「はい、なんでしょう？」

「本当は、お前の意思を尊重したいが……」

胸の前で組んでいた両手に力がぎゅっと入る。

「単刀直入に訊く。お前の子だというチャーリーの父親は誰だ？」

彼の瞳は真剣だった。

「……っ」

やはり、避けられない。唇をきゅっと噛み締め、彼の話を黙って聞く。

「お前は、先月フィリップという男と結婚したと言っていたな。俺は詳しくないが、ひと月やそこらで子どもが出来るはずはない」

彼の言い分に冷や汗をかきながらも、私は反論することにした。

「そ、その……子どもを授かったので、フィリップさんと結婚することになって」

「お前がこの村に来たのが、屋敷からいなくなった頃だったとして、およそ一年。あの子どもの大きさからして、お前が村に来る前に妊娠していないと辻褄が合わない」

言い淀む私に対して、畳みかけるようにウィリアム様が話す。

「ええっと……屋敷にいた頃から、フィリップさんとは知り合いで……」

「街で会ったとき、お前は『村の宿屋で働きはじめてから、フィリップに出会って恋に落ちた』、そう言っていなかったか？」

一瞬で論破されてしまい、私は口を噤んだ。

どうにかしないといけない。

「屋敷にいた頃、ゆ、ゆきずりで、男の人と関係を持って……」

「伯爵家の中で生真面目に働いていたお前が外に出たのは、屋敷を飛び出した日ぐらいだろう？　頭の中で数えてみたが、もうそのときには妊娠していたはずだ」

彼は続ける。

「イザベラ、問い詰める形になって悪かった。もう俺の中で結論は出てるんだ」

……ウィリアム様の結論。

「お前は知らないかもしれないが……あの赤ん坊の容姿は、俺が赤ん坊の頃の写真と酷似している」

もうそれ以上、私は何も言えなくなった。

「あの子の……チャーリーの父親は……俺だろう？」

ウィリアム様の長い金の睫毛が、蒼い瞳に陰を作る。

どうしても避けたい事態だったのに、やはりばれてしまった。

いや、もしかしなくても、昨日チャーリーを見た段階で彼は気づいていたのかもしれない。

けれどウィリアム様がいなかったら、村で医者を待ち続けるか、馬車が来るのを待たなければならなかった。

それまで待っていたら、今頃チャーリーの命はなかっただろう。

心臓の音が耳元で聞こえるような気がする。

ベッドに座るウィリアム様は、俯くと両手で頭を抱え込んでいた。

「あのときの子か」

暗い表情のまままため息をつく。

そんな彼の様子を見て、一気に不安と緊張が高まった。

やっぱり、勝手に子どもを産んだから迷惑だと思っているのだ。

私は必死に訴える。

「違うんです！　ウィリアム様の子どもではなくて、私の子どもで……ウィリアム様は関係なくて！」

自分でもおかしな言い分だとは思った。

言いながら涙がこみあげてくる。勝手なことをした私が、ウィリアム様に蔑まれたのだとしても仕方がない。

だが、チャーリーが実の父親から疎まれてほしくなかった。

そのためにも、今の私には彼と子どもは無関係だと主張し続けるしかない。

「関係ないはずはないだろう」

いつもとは違う彼の低い声が怖くて、身体が震え出す。

自分や子どもや彼の将来、周囲の皆のこと。全てをひっくるめて、子の父親であるウィリアム様に何も告げずに、私だけがブルーム伯爵家を出れば全部うまくいくと思ったのだ。

それと同時に、ウィリアム様に子どものことを知られて、拒まれるのが怖くて言えなかった。

――好きでもない女の子どもなんていらない。

好きな男性に、そう言われるのが恐ろしかったのだ。

……ごめんなさい、チャーリー。あなたは全然悪くないのに。

涙がとめどなく溢れてくる。

怖くて身体がガタガタと震えて、立っているのがやっとだった。

いつの間にか立ち上がっていたウィリアム様が、扉の前に立つ私の目の前まで来ていることに気づき、びくりと跳ね上がる。

勝手な行動をとった自分のことを、罵倒してくるのかもしれない。

思わず、ぎゅっと目を瞑った。

「おい、イザベラ」

名を呼ばれたかと思うと、私はウィリアム様に抱きしめられていた。

「……え、どうして？」

自分勝手な行動ばかりとって、迷惑だ、邪魔だといったような言葉を浴びせられると思っていた。

「俺はイザベラが悩んでいるときに、何も知らずに……お前ひとりに全部、背負い込ませてしまっていたんだな」

苦しそうに、ウィリアム様が思いを吐露する。

悪い想像とは違う彼の言葉。優しい声音が胸に溶け込んでいくようだ。

「ウィリアム様、私は……私が、勝手に産んで」

「俺に何も相談しなかったことに関しては、怒っていないと言ったら嘘になるが……お前が子どもを産んだことに関して、責めるつもりは全くない」

彼の腕の力は、痛いぐらいに強かった。

そのまま彼は続ける。

「お前のことだから、俺や周りに迷惑がかかることを気にしたとか、理由はそんなところだろう」

彼の声はひどく優しい。

「イザベラ。ずっとひとりで頑張っていたんだな。一番大変だった時期にそばにいてやれなくて、申し訳なかった」

「ウィリアム様が謝ることは……なくて……」

まさか彼から謝罪されるなんて思わなかった。

先ほどとは違う意味で、涙が溢れて止まらなくなる。

彼の体温が温かくて、ひどく心地よかった。

まるで夢の中にいるかのようだ。

彼が、私の髪を優しい手つきで撫でてくる。

「イザベラ……俺に……家族を与えてくれて、ありがとう」

少しだけ、抱きしめてくるウィリアム様の腕の力が緩む。

整った顔立ちの彼が、私の顔を覗いてきた。サファイアを想起させる蒼（あお）い瞳は、真剣そのものだ。

「俺に意気地がなかったんだ。子どもなんて関係なく、初めからアイリーン嬢との婚約を断固として断れば良かったのに。あんなに近くで過ごしていたお前の気持ちが分からなくなって。イザベラに対する気持ちが、俺の一方的なものでしかないと思うと怖くて、結局、父上に強く出ることも出来なかった」

「ウィリアム様」

「屋敷からお前がいなくなって、ひどく後悔した。俺がおかしなことを言ったから、嫌になって出ていったのだろうか、そんなにまで俺は嫌われていたんだろうかと。お前が病にかかって死んだという噂を聞いてからは、近くにいたのに気づけなかった自分の愚かさを何度も呪ったよ」

蒼（あお）い瞳が陽（ひ）に揺らめく。

「家のことに縛られたなんて言い訳だ。俺はお前にどう思われているか、自分のことばかりに囚われすぎていたんだ。そうして結局、一番大切なものを失いかけた。だが、俺はもう迷わない」

先ほどまで湖面のように揺れ動いていた瞳が、強い光を宿した。

「お前との間に子どもがいるのなら、テイラー侯爵家と婚姻関係になるわけにはいかない。チャーリーは俺たちふたりの子どもだ。あの子の将来を考えるなら、父母が揃っていた方が良い。お前と一緒に、チャーリーを育てたいんだ」

愛する彼の言葉に、胸が打ち震える。

両親揃って子どもを育てることが出来るなんて、なんて幸せなことだろう。

だけど、私は正気に返る。

ブルーム伯爵家の嫡男(ちゃくなん)が、使用人との間に子どもが出来たことを理由に、テイラー侯爵家の意向を無視したなんてことになったら、社交界にウィリアム様の居場所がなくなる。他の貴族たちからも誹(そし)りを受けるかもしれない。社交界どころか、領民たちからも馬鹿にされる恐れがある。

いや、それだけでなく、腹を立てたテイラー侯爵家にブルーム伯爵家が潰されてしまうだろう。

……輝かしい未来が約束されているはずのウィリアム様の将来をダメにしてしまう。

私は彼の腕を振りほどこうと身体をよじり、なんとか抜け出す。

しかし、すぐに私の両手首は、彼の両手に掴まれてしまう。

私は、せいいっぱいの嘘をつくことにした。

「私はあなたのことが好きではないんです。別に好きでもないウィリアム様が父親だったけれども、子どもに罪はないから産んで」

「じゃあ、どうして、俺が渡した指輪をずっと持っていたんだ？」

彼は至極冷静に問いかけてくる。

「お金に困ったら売ろうと思っていたんです。あの日は、たまたま質屋に持っていくところでした」

だんだんと声が小さくなっていくのが自分でも分かって、情けない気持ちになる。

ウィリアム様は私の左手を離し、長い指を頬に添わせてきた。

「そんな風に泣きながら言われても信じられない。それに、昨日も言っただろう？　目を見て話せと」

彼の言う通り、頬に幾筋もの涙が零れていき、ウィリアム様の綺麗な指がそれを何度も拭う。

「私は……あなたのことなんて、好きじゃ……なくて……」

彼の目を見つめながら必死に伝える。

「お前がどれだけ俺のことを嫌いなんだとしても、あの子の父親は俺なんだろう？　だったら、子どものためにも、俺はお前から退くわけにはいかない」

ウィリアム様に掴まれたままの右手が、ひどく熱く感じる。

さらに、彼は続けた。

「お前が俺を嫌いなら、俺の方を振り向かせるだけだ」

昔から素直じゃない言い回しばかりするウィリアム様が、まっすぐに伝えてくる。

彼から目を離すことが出来ない。端整な顔立ちが、私の方に徐々に近づく。

「私……は……んんっ……」

彼の唇に、口を塞がれてしまった。

「ウィリ……アム……あっ……」

しばらく口づけられたあと、唇の隙間に彼の舌がねじ込まれる。

そのまま彼の舌が口腔内を這いずりはじめ、思わずぴくりと反応してしまう。

初めて彼に身体を委ねた、あの情熱的な一夜が脳裏（のうり）に浮かぶ。

「お前の心に少しでも俺が入り込む隙があるのだったら、機会をくれないか？　イザベラに好きになってもらえるような良い父親になる」

熱に浮かされたように懇願してくるウィリアム様を見ていると、これまで我慢してきた思いが一気にせりあがってくる。

「あっ……」

彼の柔らかい唇が、私の首筋に吸い付いてきた。たまらず喘ぐ。

「それでもお前が俺のことを嫌いだと言うなら、今度こそ俺の手を振りほどいてくれ」

あの夜のように、彼はあまりにも狂おしく語りかける。耳元で甘い声音(こわね)でそう言われ、思考がままならなくなる。

……どうしてウィリアム様はいつも、こんなずるい言い回しばかりするのだろう？

私に、この人を振りほどけるはずがない。

「イザベラ……もう俺はお前を逃がさない」

甘美な囁(ささや)きが、私の鼓膜を震わせてくる。

ウィリアム様の逞(たくま)しい両腕に抱きかかえられ、私はベッドの上へと運ばれていた。

壊れ物のように、清潔なリネンの上に優しく横たえられたあと、彼が私の身体の上に跨る。

ぎしりとベッドが軋んだ。

私が見上げると目が合う。

「イザベラ」

ウィリアム様が、私の髪を愛おし気に何度も撫でてくる。それだけでも、胸が張り裂けそうなほどに、鼓動が高鳴った。

彼が上衣の一番上の釦を外すと、しなやかな鎖骨が、まず私の目に入ってくる。彼の服がはだけると同時に、海を連想させる爽やかな香りがした。

釦を何個か外していくと、逞しい胸板が顕わになる。

全体的には痩せたけど、むしろ精悍さは増しており、馬に乗っていた際にこの鍛えられた胸が背にあったのだと思うと、一気に頬が紅潮してしまった。

次の瞬間には、私のブラウスの釦に彼の長い指が伸びてくる。

かと思うと、ひとつずつゆっくりと外されていった。

プチンプチンと音が鳴るたびに、心臓の音が大きくなっていく。

「やめてほしいなら、今のうちだぞ、イザベラ」

再び彼が私の唇を柔らかく食んできた。

「……あっ」

強い力で押さえつけられているわけではない。抵抗すれば良いはずなのに、私にはそれが出来なかった。

ブラウスの釦を全て外されてしまい、中に着ていたシュミーズが顕わになる。

あまりの恥ずかしさに、彼を直視することが出来ない。

そんな私の頬に、彼がちゅっと口づけてくる。彼の柔らかな唇が、私の鎖骨の上を滑りはじめた。反応してはいけないと思うのに、身体は正直にぴくんぴくんと跳ねてしまう。

「あっ……ウィリアム様っ……んっ……」

続いて彼の大きな手が、モスリン地の下着の中に滑り込み、腹部から乳房にかけて這いはじめる。肌に触れられているだけなのに、女性の象徴たる部分にきゅうっと甘い疼きが走った。

「イザベラ……ずっと、お前に触れたかった。俺には、お前だけだ」

ついに彼の手が、なだらかな膨らみへと到達してしまう。

大きな掌が直に乳房を包み込んだ。長い指が、弾力のある肌に沈み込んだかと思うと、ゆっくりと変形させる。

「あっ、あぁ……」

出産したとはいえ、異性に身体を触れられるのはまだ二度目で、ほとんど生娘と変わらない。そもそも初めてのときは無我夢中で、ウィリアム様にしがみついていた記憶が強いのだ。

そう、男性に対してどう振る舞って良いのか分からないのは今も同じ。

彼の官能的な手の蠢きに反応してしまう。

「あっ……！」

乳房の頂にある赤い実を、彼の長い指に摘まれ羞恥が走る。

そのまま、ゆっくりと先端を動かされた。

「んんっ、んっ……」

今の私は、おそらく全身が真っ赤に色づいているに違いない。

体を弄られるうちに、だんだんと息が上がってくる。

そんな中、ウィリアム様の唇が再び私の口を塞いできた。息継ぎが出来ないほどに長い時間、深く、彼の柔らかな舌にくちゅくちゅと口中を弄ばれる。

「相変わらず、お前は反応がいちいち可愛いな」

唇同士が離れたあと、ウィリアム様にそう言われて、ますます恥ずかしくなってしまう。

そうして、ぴったりと閉じていた脚の間に、彼の片膝が割り入ってきて開かれた。

「あ……」

脚の間に触れる彼の器官が、熱を帯びて猛っていることが伝わり、お腹の奥が疼いてしまう。

「イザベラ、嫌なら抵抗しろ」

彼が熱い吐息とともに、私の名前を呼んでくる。

このまま流されてはいけないと、頭は警鐘を鳴らしているが、身体がうまく抵抗してくれなかった。

女性としての芯の部分が、彼を受け入れたくて仕方がないと本能的に訴えてくるのだ。

だけど、のぼせきった頭の中、必死に理性が告げてくる。

……まだ問題は色々と残っている。何よりウィリアム様の婚約者である、美しい黒髪の女性――アイリーン様のことが頭をよぎる。

婚約者に子どもがいたとして――まだ婚約前の出来事だったなら、納得は出来ないかもしれないが、仕方ないと諦めがつく部分もあるかもしれない。

いや、婚約前だったとしても、相手が他の女性と行為に及んでいたのだと考えたら、モヤモヤした気持ちを抱く女性だっているかもしれない。

そう、ウィリアム様とアイリーン様の婚約はまだ解消されたわけではない。

つまり、ふたりが将来的に夫婦になる可能性がまだ残されているということだ。

どの程度彼らの仲が深まっているのかは分からないが、アイリーン様の立場になったとして、将来の夫が婚約前に出来た子どもの母親と隠れて情事を交わしていると知ったら、どう思うだろうか。

……伯爵家だとか侯爵家だとか家格の違いは抜きにしても、同じ女性の立場だったら嫌に決まっているわ……

だから、ここで彼を鎮めないといけない。

覆いかぶさる彼の両肩を、そっと両手で押しやった。

「イザベラ……？」

本能では、彼と結ばれたくてしょうがなかった。

だけど、身体が火照る中、残った理性でウィリアム様に抵抗する。

唇を引き結んで、彼の綺麗でまっすぐな蒼い瞳から視線を逸らす。

そもそも感情に任せてウィリアム様が、不実な男として身を堕とすことなどないのだ。

「……すまない」

私の頑なな様子を見て、何かを悟ったのか、彼はゆっくりと身体の上から離れる。

それぞれ乱れた衣服を整え、少しの間、沈黙が流れた。

いたたまれない気持ちになっていると、ウィリアム様が口を開く。

「お前の気持ちを俺に向けたいばかりに焦ってしまった。順番を間違えたな。お前が真面目すぎたからこそ、ひとりで子どもを産んだというのに……悪かった」

彼から謝られてしまい、どう答えて良いか分からなかった。

すると、ベッドに座った私の髪を、ウィリアム様は一房掴んでくる。

ブルーム伯爵家の屋敷にいた頃からの、彼の癖。

「全てが片付いたら、改めてお前に触れたい」

彼は見る者全てを魅了するような蕩ける笑顔で続ける。

「お前の経験が、まだ一度しかないことを忘れてしまっていた。そもそも一度目もあんな有様で、何度後悔したか分からない。俺はお前に最高の二度目をちゃんと与えてやりたいんだ」

頬が真っ赤に染まるのが自分でも分かってしまった。

しかし、彼には私のことを諦めてもらわないといけない。

「あなたと私では……身分が違いすぎます」

視線を逸らした私に向かって、ウィリアム様が告げる。

「身分なんて関係ない。お前と子どもを、家族を手に入れるためなら、俺は爵位だって捨てる覚悟は出来ている」

その言葉に、思わず振り向いてしまう。

輝かしい彼の未来を潰すわけにはいかないというのに、心の奥底では、彼の言葉に歓喜している自分がいる。

「おい、イザベラ」

「はい、なんでしょう？」

「良かったら、子どもに会わせてくれないか？」

蒼(あお)い瞳が湖面のように揺れ動いていた。

彼に気づかれてしまった以上、父親が子どもを抱きたいという頼みを拒むことは出来ない。

「……分かりました」

そうして——父親と母親として——私たちふたりで子どもに初めて会うことになったのだった。

緊張しながら、息子の元へと向かう。店番をしていた宿屋の奥さんに、チャーリーを預かってもらっていた礼を告げる。

私と一緒にいるウィリアム様のことを、彼女はちらちらと気にかけていた。

それもそうだろう。ウィリアム様は、チャーリーと同じ髪と瞳の色を持った青年なのだ。

ただでさえ、このような辺鄙な村に、明らかに貴族と分かる人物が訪れているのも珍しい。

我々に気を遣ったのか、宿屋の奥さんは、そっと厨房へと姿を消した。

「チャーリー……ほら、ママに笑ってちょうだい」

まだ本調子ではないのか、少しだけぐずっているチャーリーをあやす。

いつもは私の抱っこで機嫌が良くなる息子だが、やはりぐずぐずと落ち着かなかった。

そんな私に向かって、ウィリアム様が声をかけてくる。

「おい、イザベラ」

「はい、なんでしょうか？」

「その子は機嫌が良くなさそうだが……俺が抱っこしても大丈夫だろうか？」

少し不安そうな表情で彼は尋ねる。

何事に対しても自信満々のウィリアム様にしては珍しい弱気な態度。

「私と宿屋の奥さん以外の人に抱かれることに慣れてないので、もしかしたら泣くかもしれませんが……」

「泣くかもしれないのか？　なんだ、緊張するな……」

そうしてついに、赤ん坊を父親の腕へと移動させる。チャーリーをウィリアム様と一緒に抱く格好になったとき、妊娠してからの葛藤や思いなどが一気に胸に去来してきた。思わず目頭が熱くなる。

チャーリーの重みが、ふっと軽くなった。

「もうこんなに重いのか」

慣れない手つきで、ウィリアム様は必死にチャーリーを抱っこしようとしていた。

緊張して腕にかなりの力が入っていたようで、チャーリーの機嫌が悪くなり、ますますぐずぐずしはじめた。

もう首はすわっていて、手足のばたつきもだいぶ落ち着いてきてはいたが、予想外に身体を伸ばそうとするチャーリーに、ウィリアム様が悪戦苦闘している。

「思っていた以上に難しいな」

このままだとチャーリーが泣いてしまうと思い、私は彼に慌てて声をかける。

「ウィ、ウィリアム様」

「チャーリー。お前は、俺がお前の母さんに読んでやっていた絵本の主人公と同じ名前なんだ。もう母さんに心配をかけるんじゃないぞ。お前が元気なのが、一番、父さんも母さんも嬉しいんだ」

そう言って、ウィリアム様はチャーリーの身体を優しく頭上に掲げていた。

高い高いをされたチャーリーは、きゃっきゃと楽しそうに笑っている。

「あ……」

私の胸に温かい何かが拡がっていくようだった。

容姿のよく似た青年と赤ん坊が微笑み合っている。

「俺にこんな、血を分けた可愛い家族がいたなんて……」

ひどく嬉しそうに、ウィリアム様は笑みを浮かべていた。

その姿を見ると、嬉しさとともに心臓がぎゅっと締めつけられた。

「おい、イザベラ」

「はい、なんでしょうか？」

「今日は、宿屋に泊まらせてもらいたい。そして、俺はチャーリーを寝かしつけてから寝る」

「え⁉」

彼の唐突な提案に驚いてしまう。

私がたじろいでいると、ちょうど奥から宿屋の主人が現れた。

「ご主人、チップは弾むのでいかがだろうか？」

声をかけられた主人は、目を爛爛（らんらん）とさせて了承したのだった。

それから数時間後。

チャーリーとウィリアム様のふたりだけに出来るはずもなく、結局、私も含めた三人は宿屋の私が使っている部屋で過ごしていた。

「チャーリー、もうひとりでこんなに動けるのか！」

チャーリーがずりずりとベッド上を這いずろうとする様子を見て、ウィリアム様が歓喜の声を上げている。

父と子が幸せそうに過ごしている姿を見ると心が和んだ。

だが、その反面、罪悪感と不安が胸の半分を占めている。

彼のお父様であるブルーム伯爵様……それに、アイリーン様やテイラー侯爵様にどう説明するつもりなのかしら？

それとも、説明せずに、このままウィリアム様は屋敷に帰らないおつもり？

貴族の身分を捨てても構わないと彼は言っていた。

それは市井（しせい）の民として生きるということだ。

貴族としての社会的責任と義務を全うしようとするウィリアム様に、爵位を捨てさせるなんて……

そんなことを思いながら、彼の方を見る。

いつの間にか、ウィリアム様はチャーリーをあやすためにベッドの端に座っている。

父親に頭を撫でられている間に息子は寝付いてしまった。

私はぎゅっと拳を握り、彼に近づく。

「ウィリアム様、私たち母子のことは忘れて……アイリーン様とご結婚をなさってください。この子があなた様の子だとは、絶対に口外しません」

さらに私は続ける。

「これまでも村の皆の力を借りながら、チャーリーと一緒に親子ふたりでやってき――」

「イザベラ、お前はまだそんなことを言うのか？　知ってしまった以上、俺にお前たちを無視することは出来ない。何も知らないふりをして、アイリーン嬢と結婚するのも不誠実だ。それに、お前も知っているだろう？　そもそも俺は愛のない結婚は望んでいない。愛し愛される家族だけが欲しいことを」

私の方を振り向き、ウィリアム様はすぐに反論する。

「それ以外のものは何もいらない。家族を守るためなら、爵位だとかそんなものはどうでも良いんだ。お前と一緒ならこの村で過ごすのだって悪くないと思っている」

ベッドの端に座り直した彼が、こちらを真剣な眼差しで見つめてきた。

ウィリアム様に訴えられ、私の心は揺らぐ。

私は勝手に彼の幸せを決めつけていた？

栄誉ある貴族として人生を全うするのが一番良いのだと、勝手に私の考えを押しつけてしまっていたのだろうか？

親はいたが、家族の愛情に恵まれなかったウィリアム様の思いをよく分かっていなかったのかもしれない。

もし全てがうまくいって、ウィリアム様と私とチャーリーと、三人で家族になれたらどんなに幸せなことだろう。

でも、そんな未来が本当に訪れるのだろうか？

期待と不安で、まるで荒れる海のように気持ちが揺れ動く。

そんな中、ウィリアム様がいつものように声をかけてきた。

「おい、イザベラ。ちゃんと父上やテイラー侯爵家には話をしに行く。悩むのは俺ひとりで良いから、お前は色々考え込むな。ほら、チャーリーの隣でもう寝ろ」

「え？」

真面目な話の途中にもかかわらずそう言われて、私は戸惑う。

「今すぐだ。ほら、早く」

「え？　え？」

ますます私は混乱してしまった。

「変なことはしない。お前が寝たのが分かったら、俺も部屋に戻るから」

そう言われて、私はチャーリーの隣に横になる。

もうブルーム伯爵家の使用人ではないのに習慣とは恐ろしいもので、つい言うことを聞いてしまう。

「おい、イザベラ」

「はい、なんでしょうか？」

彼の手が伸びて、横になった私の髪を柔らかく撫でる。

なんだか恥ずかしくてしょうがない。顔が赤らむのが自分でも分かる。

しかし、ウィリアム様の手が優しく、撫でられている間にだんだん眠くなってきた。

「おやすみ、イザベラ」

微睡(まどろ)む私に、彼が甘やかな声音(こわね)で話しかけてきた。

瞼(まぶた)が重くて私は何も答えることが出来ない。

「……絶対に、イザベラとチャーリーを幸せにするから」

そう言って、彼は私の指に優しく触れて何かをしていたような気がする。

――家族三人で幸せに暮らせるようになれるのだとしても、私たちを待ち受ける試練は、まだまだたくさんあるだろう。

だがその日は何も考えずに、幸せな眠りに包まれたのだった。


ひどく懐かしい夢を見た。

まだ幼かった頃、ブルーム伯爵家の別荘へとウィリアム様の世話係として連れていってもらった。

貴族の屋敷が建ち並ぶ場所の外れには教会があり、結婚式がよく開かれていた。そこで綺麗な花嫁さんをウィリアム様と一緒に見たことがある。

そのとき、彼は隣にいる私に嬉々として話しかけてきた。

『おい、イザベラ』

『……はい、なんでしょうか？』

『孤児だったお前を拾ったのは俺だ。お前が結婚するときは、俺がお前の家族として、父親役を務めてやる』

『ち、父親、ですか？』

子どもながらに、彼の発言にモヤモヤした。

『どうした、イザベラ。不満なのか？』

『別に』

まだ小さかった私は、主人であるウィリアム様にそっぽを向いた。

『なんでむくれてるんだよ？』

彼が不満そうにしていたのを、なんとなく覚えている。

それから結婚式を見終わったあと、退屈になった私たちは、教会の敷地内にある花園で、かくれんぼを始めた。

『見つけたぞ。おい、イザベラ』

呆（あき）れたような様子で、彼はうずくまる私を見ていた。

『はい、なんでしょうか？』

『かくれんぼをしているのに、なんでお前はそんなに見つかりやすいところに隠れるんだ。かくれんぼの意味がないじゃないか』

ウィリアム様は、またもや少しだけ不服そうだった。

急に強く言われて、私はどうしようもない気持ちになる。

つんとした態度をとる幼い私を見て、彼は慌てた様子で声をかけてきた。

『ああ、お前を泣かせたいわけじゃないんだ』

自分では怒っているつもりだったが、私はどうやら泣きそうな表情をしていたらしい。

おろおろするウィリアム様が手を差し出してくる。

途端に私は嬉しくなって、微笑みながら彼の手に自分の手を重ねた。

『だって、ウィリアム様に見つかったら、拾ってもらえたときみたいに、また手を差し出してくださるでしょう』

私が気持ちを伝えると、ウィリアム様は顔を真っ赤にしていた。

『なんだ？　お前は、もしかして……気のせいかもしれないが……』

もごもごと口ごもりながら、彼は続ける。

『おい、イザベラ』

『はい、なんでしょうか？』

『もしお前がいなくなったとしても絶対に見つけ出してやる。その代わり、俺がいなくなったら、お前も俺のことをちゃんと捜すんだぞ。約束だ！』

『……はい！』

力強く言われて、幼い私は満面の笑みで返事をして、指切りをした。

そうして、ウィリアム様は真っ赤な顔のまま、ぼそぼそと呟く。

『あと……結婚式で、お前の父親役をするのはやめる』

『え？　どうしてですか？』

『なんでもない！』

彼は理由を教えてくれなかった。

あの日の言葉通り、行方知れずになった私のことを、ウィリアム様は捜し出してくれたのだ。


翌朝。夢から覚めると、ウィリアム様の姿は部屋になかった。

昨日、幸福感に包まれながら眠った分、彼がいないことで寂しさが増す。

……まだウィリアム様は、アイリーン様との婚約を解消していない。

自然と湧いてきた考えを、心の中で恥じ入った。

すやすやと眠るチャーリーをしばらく眺めて心を落ち着かせようとしたとき、左手の薬指に違和感を覚える。

「これは……」

以前、街で落としたあと、ウィリアム様が拾ってくれた指輪だった。

窓から差し込む日差しに、金の台座と一粒のサファイアが煌めく。

ウィリアム様からいただいた大切な贈り物が自分の元に帰ってきたことで、胸の内がふんわりと羽根のように軽くなった。

ふと部屋のテーブルの方を見ると、何かが置かれていることに気づいた。

「何かしら？」

そこには、摘みたてのグラジオラスの花と、白い封筒が一枚あるではないか。

封筒の中にある、白い便箋には流麗な文字が躍る。

それらはウィリアム様からのものだった。

——親愛なるイザベラへ
昨日も言ったが、お前がひどく気にしているようだから、父上にイザベラとの結婚を認めてもらえるよう話してくる。そうして、テイラー侯爵とアイリーン嬢に婚約解消を申し出るつもりだ。

婚約者とはいえ、アイリーン嬢とは会話を交わすぐらいだった。

俺の勘だが、おそらく彼女も俺との結婚は望んでいないと思う。

なるべく円満に解決したいところだが、お前も知っての通り、俺の父上は家名を大事にする人だ。

さらに、テイラー侯爵は厳格で有名な人物でもある。

反対された場合は、俺は全てを捨ててでも、お前たち家族の元に帰ってくるつもりだ。

とにかく行ってくる。

絶対に俺は、今度こそお前を思い出にはしない。

俺の幸せは俺が決める。

お前が素直になって、俺の望む未来を、ともに生きてくれることを願う。

俺の勝利を祈っていてくれ。

ウィリアム・ブルームより――


手紙を持つ手が震える。

「ウィリアム様」

手紙を胸に抱いたまま、私の瞳からは温かな涙が流れていったのだった。

第六章　新しい約束

手紙をもらった日から、もう数日が経つ。

宿屋の主人曰く、あの日ウィリアム様は早朝に馬を借りて出ていったそうだ。

しかし、待てど暮らせど彼は村に戻ってこない。

村人たちは、馬が一頭帰ってこないと不満気だ。

「ウィリアム様、何かあったのかしら？」

彼が事故に遭っていないか、ブルーム伯爵様やテイラー侯爵様に反対されているのではないかと不安になる。

さらに薔薇園で彼を待った苦い思い出が胸を支配していき、少しだけ息苦しさが増す。

だが、どうしてだろう。

あの頃と同じように彼が私をからかったのだとは、不思議と思わなかったのだ。

チャーリーを宿屋の奥さんに預け、考え事をしながら宿屋の受付をしていると、玄関の扉がゆっくりと開く。

の男。

しかし、そこに立っていたのは、金色の髪に蒼い瞳を持つ精悍な見た目をした壮年

少しだけ気持ちが明るくなった。

……もしかして、ウィリアム様？

「イザベラ。お前にウィリアムの件で話がある」

かつての雇用主であるウィリアム様の父親——ブルーム伯爵様だったのだ。

「……ブルーム伯爵様」

ブルーム伯爵様は、ウィリアム様と同じ髪と瞳の色をして男性らしさが目立つ整った風貌の持ち主である。

そして、家族よりも貴族としての働きを優先する人物だった。仕事を優先し、病気を患った妻——ブルーム伯爵夫人の元になかなか帰らなかったそうだ。彼女が息を引き取る際にも、姿を現さなかったという。

それが、ウィリアム様の心にしこりを残すことになったのだ。家族であるウィリアム様から見れば、母親を顧みなかった父親に映るのだろう。

だが、ブルーム伯爵家に仕える使用人からすると、わけへだてなく接してくれて、とても好感のもてる雇用主だった。

いる。

ブルーム伯爵様だったからこそ、孤児である私でも貴族の屋敷で働けたのだと思って

年が近いからと、誰とも知れない私のことを息子の遊び相手として認めてくれたのは、偏(ひとえ)にブルーム伯爵様の温厚な人柄のおかげだろう。

「イザベラ。元気そうで良かった」

そう声をかけられ、屋敷で働いていた頃のことを思い出して懐かしく感じてしまう。

しかし、いつもは穏やかなブルーム伯爵様の表情が今日は険しい。

良くない知らせがあるのだと予感してしまい、息が詰まりそうだ。

「ブルーム伯爵様、屋敷ではお世話になりました。辞表を置いて出ていってしまって、大変ご迷惑をおかけしました……。勝手をしてしまい、本当に申し訳なく……」

「済んだ話だ。お前が息災で良かった」

「……ウィリアム様もお元気でしょうか？　怪我をしていないかと心配で――」

「怪我なんてしていない。数日前、ウィリアムは別荘に帰ってくるやいなや、アイリーン嬢との婚約破棄を申し出てきたんだ。だから、屋敷から出さないようにと使用人たちに言いつけた」

どんどん胸の内が苦しくなっていく。

瞳に厳しい光を宿したまま、ブルーム伯爵様は口を開いた。

「イザベラ、単刀直入に言う。ブルーム伯爵家と我が息子ウィリアムの将来のために、この国ではないどこか遠くに行ってもらいたい」

一気に視界が暗くなる。頭がぐわんぐわんと揺れたように感じて、わなわなと身体も震えてきた。

あれだけ自分からウィリアム様を拒否していたというのに、やはり心のどこかで、家族三人で幸せになれる夢を見ていたのだろう。

「ウィリアムが一方的にイザベラに懸想しているのは知っていた。パブリック・スクールで最優秀賞を得ることが出来たら、叶えてほしい願いがあると言っていたが、おそらくイザベラのことだろうとも思ってはいた」

ブルーム伯爵様は続ける。

「だが、アイリーン嬢という婚約者が出来てしまった。ウィリアムは相当反発し、駆け落ちでもしてしまうのではないかと心配していたら、イザベラが屋敷を出ていってしまった。申し訳ないがそのとき、これでウィリアムがブルーム伯爵家の嫡男としての役割を果たしてくれると安堵したんだ」

本当に申し訳なさそうに、ブルーム伯爵様は眉尻を下げる。

「けれどもあるときから、ウィリアムの挙動がおかしくなった。だから、気にはなっていたが……執事見習いのジョンが、街でお前と会話している姿を見たという。探らせてみたら、ウィリアムがこの村にいるイザベラに会いに行ったというではないか」

街では、屋敷の誰かに見られていたことに気づく余裕すらなかった。

頭の中はぐちゃぐちゃで、ブルーム伯爵様の声が遠くなっていく。

「イザベラ。わざわざ屋敷を出ていってくれたお前に、どこか遠くに行ってほしいと頼むのは心苦しい。だが、この国に残っていたら、ウィリアムは嫌でもお前のことを捜し出すだろうから」

彼は苦しそうに続けた。

「私もお前のことは気に入っていたんだ。兄弟のいないウィリアムの妹のような存在になってくれて感謝していた。そんなあの子にとって……いや、私にとっても、家族のような存在のお前に、明日のウィリアムとアイリーン嬢の結婚式に本当は出てほしかった」

「……え？」

結婚式のことなど何も知らない。あまりにも直近の話で、私は衝撃を受けてしまった。胸が締めつけられるようだ。

「イザベラはまだ若く気も利くから、お前のことを好きになる男はたくさん出てくるだろう。どうかこの国を出て、ウィリアムとは別の男性と幸せな家庭を築いてほしい」

懇願するような瞳で、ブルーム伯爵様は私に告げる。

彼の反応を見るに、どうやらウィリアム様と私の間に子どもがいることは知らないようだ。

そうして、ブルーム伯爵様は小切手を手渡そうとしてくる。

私は俯いたまま、何も答えることが出来ずにいた。両手も固く握ったままだ。

そんな私の様子を見て、受付のカウンターにブルーム伯爵様は小切手を置いた。

「イザベラ。賢いお前のことだから、正しい判断をしてくれると信じている」

彼はぽつりと呟（つぶや）いた。

「世間からは好奇の目で見られるだろうが、ウィリアムに覚悟があるならば、使用人との結婚を許可しようと思ってはいたんだ。だが、テイラー侯爵家のことがある。テイラー侯爵は非常に厳しい御方だ。私は妻や息子との時間を犠牲にしてでも守ってきたブルーム伯爵家を失うわけにはいかない。すまない、イザベラ」

そう言って立ち去ろうとする、かつての雇用主の背に向かって私は声をかける。

「……寒くなってきました。お身体にはお気をつけてお過ごしください。ブルーム伯爵様への恩を仇で返すようなことはしたくありません」

そう言って、深々とお辞儀をした。

「いつかイザベラに子どもが出来たら、そのときは手紙をよこしてくれ。お前の子どもは、私にとって孫のような存在だ。今回の恩義もある、資金や物資の援助を私からしよう」

そうしてブルーム伯爵はひどく申し訳なさそうに、宿屋から立ち去ったのだった。

「……やっぱり、ダメだったのね」

胸にぽっかり穴が空いたような気持ちになる。

「イザベラさん」

泣きそうになっているとフィリップさんが現れた。すやすやと眠るベティちゃんを抱っこしている。

いつもは陽気な彼が、今日は真面目な表情を浮かべていた。

「すまない。今の話を聞かせてもらった」

フィリップさんが固く引き結んだ唇を開いた。

戸惑う私に向かって、彼は続ける。

「イザベラさん、正直に答えてほしい。本当は別の国になんて行かずに、ウィリアムという貴族とチャーリーの家族三人で幸せに暮らしたいと思っているんじゃないか？」

フィリップさんに詰め寄られるようにして言われて、私は頭の中でぐるぐると考える。

「私は本当は……本当は、ウィリアム様と……」

涙がぽろぽろと零れてきた。

そう、ずっと自分の気持ちに蓋をしてきた。

分不相応な願いだったかもしれないが、本当はずっと彼と幸せになりたかったのだ。

涙を流し続ける私にフィリップさんは語りかける。

「イザベラさんとオレは協力出来るはずだ。あなたの想い人の婚約者であるアイラ、いや、アイリーンに関してオレから話がある」

「え？」

フィリップさんの予想外の申し出に、私は目を見開いた。

……それにアイラって、アイリーン様と知り合いなの……？

「イザベラさん。オレと一緒に、イザベラさんの想い人、ウィリアムの坊ちゃんとアイラの結婚式を止めに行こう」

彼の抱（かか）えるベティちゃんを見る。

……艶やかな黒髪。

フィリップさんは金髪だ。

ふと、屋敷にいた頃に見たアイリーン様の姿を思い出す。

「アイリーン様も黒い髪」

心拍数が一気に高まる。

……この間、街に行ったときにフィリップさんが追いかけた女性に既視感を覚えてはいた。

「まさか」

思わず声が出てしまう。

フィリップさんが力強く頷く。

「あぁ、ベティの母親はアイリーン・テイラーだ」

「え？　それって……？」

あまりの衝撃に、私は目を見張る。

頭の整理が追いつかずに、曖昧な問いしか出来ない。

戸惑う私に向かって、フィリップさんが語りかけてきた。

「イザベラさん。今からオレは明日に備えて、結婚式場とその周辺を確認しに行こうと思うんだが、話がてら一緒にどうだい？」

彼の提案に、私は頷いたのだった。

村の老人が御する馬車に乗って、フィリップさんと私は目的地へと向かう。

貴族の別荘地の外れにある教会までは、村から少しばかり距離がある。到着する頃には日も暮れているだろうから、子どもたちは宿屋の奥さんに預かってもらった。

「もともとオレは、どこかの貴族のご落胤だかなんだかで、この村に小さい頃に連れてこられた。親が誰かは分からないが、貴族の別荘地のどこかにいるんじゃないかって、夏になると、よく村を抜け出しては親を捜しに来たもんだ」

「そうだったんですね」

馬車の中でフィリップさんは説明してくれる。

「親を見つけることが出来ないまま、数年が経った。それでも諦めきれなかったオレは、その夏も捜しに行ったんだ。そして偶然、家族で避暑に来ていたアイラに出会った」

「アイリーン様とお知り合いだったとは……」

「そのときあいつは木陰で本を読んでいて、突然現れたオレに心底驚いた様子だった。アイラに危険なやつだと誤解されて悲鳴でも上げられれば、オレは捕まりかねない。だから、あいつにオレの事情を全て話すことにしたんだ」

フィリップさんは大切な思い出を懐かしんでいるように見える。

「村の皆にオレは貴族の息子だと言うと馬鹿にされたもんだが、アイラは最後まで笑わずに聞いてくれた。単純に、あいつに愛想がないのもあるんだが、オレとしてはそれが嬉しかったんだ。それからは毎年、夏になるとアイラとオレは隠れて会うようになった」

アイリーン様について話すフィリップさんは、本当に嬉しそうだ。

「出会いこそは偶然だったが、気づけば一緒にいるのが当たり前になっていた。とはいえ、相手は貴族のお嬢様だ。だんだん大人になるにつれて、自分の身分を考えるようになっていた。そうして、アイラに政略結婚の話が出るようになった」

身分の違う恋。彼の気持ちが痛いほど分かる私は、ただ静かに頷く。

フィリップさんは青い瞳を細めながら続けた。

「もともと夏にしか会えない関係だったし、まあ、つまるところ、オレがアイラに会いに行かなければ話は終わりだ。……頃合いだと思って、会いに行くのをやめたんだ」

彼の顔には後悔の色が滲んでいた。

「だけどあいつは『好きな人以外とは結婚したくない。一緒に逃げてくれ』と言って、わざわざ村に押しかけてきたんだ。大人しい気性のはずなのに……。そうして、オレとアイラは駆け落ちした。だが、駆け落ち婚を認めてくれる教会に辿り着く前に、オレたちはテイラー侯爵の家の者たちに連れ戻された」

「そ、そんな……」

「会えなくなったあと、テイラー侯爵からアイラが妊娠していることを告げられた。そして、他の貴族との婚約が決定したことも。それにアイラは、ベティが死んだと思い込まされていて――。おっと、到着したみたいだな。続きはあとだ」

彼の話を聞いている間に、気づけば目的地まで来ていたようだ。

教会からは少し離れた場所に馬車を停めてもらうように、御者である老人に依頼する。

彼は私たちが結婚する予定だと勘違いしているようだったが、直接何かを言われたわけではないので、そのままにしておくことにしたのだった。

陽が沈みつつあって、馬車を降りると外はひんやりしていた。

教会の入り口には薔薇のアーチがあり、ほのかに甘い香りを漂わせている。

もう陽も暮れる頃なので、聖職者も修道院へと身を潜めているようだった。

「明日は、馬車が到着したときにアイラを連れていくか。いや、やっぱり正面突破が良さそうだな」

近くにいるフィリップさんがぶつぶつと呟いていた。

ちょうどそのとき、茂みがガサリと動く。

「きゃっ！」

「おっと！」

動物かと思ったが、現れたのは、なんと髭（ひげ）を生やした壮年の男だった。

黒髪黒髭（くろかみくろひげ）の彼は、黒いハットとフロックコートを身につけており、いかにも厳格そうな面持ちをしている。

身につけている衣類や高価な杖などから、彼が貴族だということが分かった。

ただなんとなく既視感を覚える。この人、以前どこかで……

「すまないな、お嬢さん」

貴族の男性は、私に向かって謝罪してくる。

「こちらこそ、失礼いたしました。……あれ？」

ふと周囲を見回すと、フィリップさんの姿は見えなくなっていた。

「バーバラ？」

「……え？」

突然、貴族の男性からブルーム伯爵家の家政婦長の名前を言われ、私は驚いてしまう。

男は首を横に振ると、私に再び謝ってきた。

「すまない。昔からの知り合いに似ていたもので」

「そうだったんですね」

「私には君と同じ年頃の娘がいて、明日は結婚式なんだ。君もこの教会の見学に来たのかい？　お連れさんはどこかに隠れたようだが――」

彼は私に向かってにこやかに話しかけてくる。

そう言われて、私は思い出した。

この人はテイラー侯爵様！

まさかの遭遇に衝撃が走る。

「この近くに住んでいるお嬢さんかな？」

「は、はい」

ブルーム伯爵家の使用人のひとりでしかなかった私のことは、さすがに認知していないようだった。

厳格そうな見た目や評判とは裏腹に、テイラー侯爵様は私に対しても腰が低かった。

彼はぽつりぽつりと話しかけてくる。

「君は見たところ貴族ではなさそうだ。好きな人とちゃんと結婚出来そうかい？」

そう尋ねられ、私はとりあえずこくこくと頷くことにした。

「そうか、それは良かった」

彼は寂しげに、誰に言うともなく語りはじめる。娘の政略結婚を推し進める男性からのまさかの発言に、私は違和感を覚える。

「どうして、貴族や平民だとか違いがあるんだろうな。身分なんて、ひどく不自由だと思うことがあるよ。貴族は貴族と一緒になるのが幸せだと、何度も自分に言い聞かせてきたが、本当にそうなのだろうか……この年になってさえ迷うことがある」

テイラー侯爵様の呟(つぶや)きにはっとなる。

……私ひとりが我慢すれば、全てがうまくいくと思っていた。

だがそれぞれの立場があって、それぞれが本当の思いを我慢してしまっているから、こんなにも歪(いびつ)なことになっている。

本当はテイラー侯爵様も、同じことを思っているのだ。

このままじゃだめだ。

私の中で何かが変わる。

「すまない。ひとり娘が嫁ぐから、感傷的になってしまっているのかもしれないな。初めて会った気がしなくて、ついつい色々と話してしまった。年寄りの与太話(よたばなし)だと思っておくれ。暗くなる前にお帰りなさい、お嬢さん」

そう言われて、私はテイラー侯爵様の元から離れたのだった。

そのあと、少し離れた場所にフィリップさんを見つけた。彼はテイラー侯爵様に顔を知られているから、隠れていたのだろう。

「イザベラさん、すまない、急にいなくなって。テイラー侯爵とは、いったい何を話したんだ？」

私はそれには答えずに、目の前の青年に伝える。

「フィリップさん、絶対に明日の結婚式を中止させましょう」

力強い私の発言に彼は驚いているようだ。だがすぐに真剣な表情になり、ゆっくりと頷（うなず）いた。

私は教会を振り向き決意を固める。幼い頃にウィリアム様と一緒に遊んだ場所だ。

そうして、私は私自身に向かって語りかける。

もう迷わない。

「教会からウィリアム様を連れて逃げ出すけれど、彼から私が逃げ出すことはしない」

強い意志とともに、はっきりと告げる。

その瞬間、まるで私の背中を押すように、森と花の香りをのせて追い風が吹いてきていたのだった。

第七章　望まぬ結婚

ウィリアム様とアイリーン様の結婚式当日。

私とフィリップさんは、それぞれの子どもをおんぶした状態で、茂みから教会を覗いていた。

子どもたちを村に置いてくるかどうかは、フィリップさんと一緒に悩んだ。けれども、新郎新婦(しんろうしんぷ)を攫ってすぐに、駅のある街に走らないと追手に捕まるかもしれないという話になり、最初から連れて歩くことになったのだ。

赤ん坊ふたりの機嫌をとりながら、待機するのは大変だが、今日を逃すともう取り返しがつかなくなる。

曇り空のような灰色をした教会。急勾配の屋根の上には、高い尖塔が天を向いており、鐘楼(しょうろう)の鐘が納められている。壁には滑(なめ)らかに磨き上げられた石が使用され、幾何学模(きかがくも)様(よう)の窓枠がステンドグラスを縁取っていた。正面には、聖母を模した彫像が飾られ、幾重もの薔薇(ばら)のアーチが連なっている。

「もうそろそろ、始まる頃かな？」

隣に座り込んでいるフィリップさんは至極真面目な様子で、前方を見つめていた。彼の背にいるベティちゃんは、きゃっきゃとはしゃいでいる。

……早くアイリーン様に、子どもが生きていることを教えてあげてほしい。お節介かもしれなかったが、そんなことを考えてしまう。

もともとベティちゃんは隣国の孤児院に預けられる予定だったらしい。

そこをフィリップさんが、テイラー侯爵様との交渉に臨んだのだという。

その結果、金輪際アイリーン様とは会わないという約束で、生まれたばかりの赤ん坊をフィリップさんが育てることになったのだそうだ。

それからしばらくすると、密かに彼女からフィリップさん宛に手紙が届いた。

その内容は非常に思いつめたもので、ベティちゃんは死んだことになっていた。

この時代、出産で命を落とす赤ん坊も母親も多い。だからこそ、無事に健康な赤ん坊を産めるだけでも奇跡に近いと言える。

命がけで産んだ子どもが死んだと聞かされて、どれだけの絶望があっただろうか。

ただでさえ、産後は気分が落ち込むこともある。

さらに、昨年テイラー侯爵夫人は命を落としたのだという。

母が死に、アイリーン様は出産したことを誰にも相談出来ずにいたに違いない。しかも子どもが死んだという嘆きさえ、誰にも訴えることが出来ずにいるのだ。

……街での様子だと、おそらくアイリーン様もフィリップさんのことが好きなはず。

アイリーン様が自分を追い込んで死にはしないかと心配で、街で再会したときにフィリップさんは追いかけてしまったそうだ。

こんなにも思い合うふたりなんだから、結ばれて幸せになってほしい。

そのためにも、まずは今日やり遂げなければならない。

「アイラはイザベラさんと気が合うかもしれないな。うまく一緒に逃げることが出来たら、仲良くしてやってほしい」

「もちろんです。絶対に成功させましょう」

フィリップさんの発言に頷く一方で、『なぜ身分差があるのか』と嘆いていたティラー侯爵様のことが気になっていた。

世間では、目的のためなら手段は選ばない非情かつ厳格な人物だと噂されている人だ。だが、それは表向きの話なのかもしれない。実際に会ってみると、生真面目な印象が強い人だった。それに、娘を利用しようとしている雰囲気ではなかった。

とはいえ、アイリーン様とフィリップさんの身分違いの結婚は認めずに引き離し、あまつさえ、婚前に出産したことを隠してまで貴族に嫁がせようとしているのだ。

そもそも貴族の間では、女性は純潔が尊ばれている。

婚前に性的なことが夫以外の男性とあったとなれば、ふしだらな娘だと言われる世の中だ。婚前交渉のあった女性は嫁いだ際に純潔に見せるために、胎の中にヒルを忍ばせることだってあるらしい。

……ウィリアム様との婚姻をテイラー侯爵様が強行しようとしているのは、アイリーン様が貴族と結ばれることで世間から非難されないようにと考えたからだろうか？

……娘に平民である恋人を諦めさせて、貴族のところに嫁いでもらうために色々な嘘をついた？

もしそうだとしても、許されない。

性差による出産への考えの違いも、もしかしたらあったのかもしれない。

「――イザベラさん」

考え事をしていると、フィリップさんが声をかけてきたので、はっと現実に引き戻される。

「前を見てくれ。そろそろみたいだ」

彼に言われて、前方を見る。

教会の敷地内への入り口——薔薇のアーチがある付近に、豪奢な馬車が一台停車した。

中から、婚礼用の正装に着替えた男性が降りてくる。

チャーリーの父親であり、私がずっと好きな男性——ウィリアム様が現れた。太陽の光に、プラチナブロンドの髪と宝石のような蒼い瞳が輝いている。

だが、甘く優しい顔立ちはどことなく陰りを帯びていた。

「あまり元気ではなさそうだけど、お身体はご無事なようで良かった」

数日ぶりに見た彼が無事で本当に良かったと安堵する。

馬車がもう一台停まり、そこから純白のウェディングドレスに身を包んだアイリーン様も降りてきた。

長く艶やかな髪は下ろしたまま、頭に白い小さな冠とヴェールを被っている。彼女もウィリアム様と同様に思いつめた表情を浮かべた。

幼い頃、ウィリアム様と一緒に見た新婚夫婦は、とても幸せそうだったのを覚えている。

しかし、あのふたりは全く逆だ。

結婚式は幸せなもののはずなのに、あんなに憂い顔の新郎新婦は初めて見た。

「あのふたりを一緒にいさせたら、結婚したくないって言い出すだろうから、式までは会わせないようにしてそうだな」

フィリップさんがそう呟いているうちに、遠くを歩くふたりの姿は教会へと消えていった。

彼らの親たちが子どもの幸せを強く願う気持ちも分からなくはないが、憤りを感じる。

本当に式を止めることが出来るのだろうか？

昨日見たテイラー侯爵様が偽りの姿で、噂通りの冷酷な人物だったとしたら、私たちはアイリーン様たちに泥を塗ったと言われ、命を落とすことだってあるかもしれないのだ。

不安は尽きない。緊張していると、背中のチャーリーがぐずりはじめた。

「チャーリー、落ち着いて！」

私たちの存在がばれてはいけないというのに、背にいる息子はなかなか泣き止んではくれない。

「イザベラさん、不安がチャーリーに伝染してるんじゃないか？　ほら、深呼吸、深呼吸」

フィリップさんに諭され、私は彼の言う通り深く息を吸い込んだ。

知らぬ間に全身に力が入っていたようだ。

心が落ち着いてくると、次第にチャーリーも普段の様子に戻る。

「さあ、教会に近づこう」

そうして、私たち四人は教会に近づいた。

「よし、イザベラさん、ここから……」

「あなたたち、いったい何をしているのですか?」

どことなく厳しさを感じさせる女性の声が、私たちを制す。

声の主の方を振り向くと、ブルーム伯爵家の家政婦長バーバラ様が立っていた。

眼鏡をかけ、飴色(あめいろ)の髪を高く結い上げた、いかにも厳しそうな雰囲気の彼女は、こちらを挑むようにして見てくる。彼女は普段着ている仕事用の黒いワンピースではなく、今日は丈の長い紺色のワンピースを身につけていた。

「イザベラ。やはり、あなただったのね。結婚式を妨害しにでも来たのですか?」

「……っ!」

彼女に問われ、私は思わず怯んでしまう。

「ブルーム伯爵様が私を呼びつけるから何かと思えば、屋敷に閉じ込めたウィリアム様の世話をしろと言われ……当のご本人は、『愛のない結婚は出来ない。テイラー侯爵に会わせてほしい』の一点張り。ウィリアム様がイザベラの名を口にすることはなかったけれど、あなたと会っている話をブルーム伯爵様はジョンから聞かされていたようね」

バーバラ様の瞳は、光が眼鏡に反射していて見えない。

「貴族は貴族の価値基準でしか動かないわ。『地位を捨てても構わない』『一緒になりたい』『逃げたい』と、いくら甘い言葉を言われたとしても信じてはいけない。その願いが叶う可能性は限りなくゼロに近いの。信じて傷つくのは身分の低い者たちばかりよ」

さらに彼女は続ける。

「……いいえ、身分を問わず、人は誰かを簡単に裏切ることがある。自分にとって本当に大事なことを大切な人から信じてもらえなかったとしたら、心が壊れてしまう。それならば真実を隠して、相手から逃げて生きていた方が楽なことだってあるわ」

話の内容がひどく抽象的で分かりづらいが、ぼんやりと私のことを言われているような気になる。

……だけど、もしかしたら、バーバラ様はこの話をご自身に言い聞かせている？

彼女の瞳は見えないのに、どことなく泣き出しそうに思える。

命令や約束を絶対的に守る彼女の言葉だからこその重みがあり、以前の私ならば心が揺れていただろう。

しかし私は、はっきりと告げる。

「バーバラ様。もう私は彼から逃げないと決めたんです。逃げずに彼と向き合おうと誓っています」

しばらく沈黙が訪れる。

すると、めったに笑わないバーバラ様がふっと微笑んだ。

「そうなのね」

いつも厳しい彼女は、笑うと聖母のようだった。

「あ……」

言いようのない懐かしさをバーバラ様に感じてしまうのは、屋敷でともに働いていたからだろうか。

「その子、順調に育ったみたいね。それでは」

そう言って、踵（きびす）を返して歩きはじめたバーバラ様に面食らってしまう。

「バーバラ様、私たちを止めないんですか？」

その問いに対し、彼女はぽつりと呟（つぶや）いた。

「……叶わなかった夢をあなたに託してしまっているのかもしれないわね。もし、このことでイザベラが責められるようなことになったら……ずっと逃げてきた私も、覚悟を決めるわ」

「バーバラ様が、いったいなんの覚悟を？」

だが、彼女はそれ以上何も答えてはくれなかった。そのまま彼女の姿は見えなくなる。

「ひやひやしたよ、イザベラさんの知り合いで良かった」

近くにいたフィリップさんが、おどけた調子で話す。

「よし、イザベラさん。そろそろ頃合いだ」

真面目な表情に変わった彼は唸る。

教会の中で談笑を続けている列席者たちの明るい声が耳に届く。

そのとき、フィリップさんは語りはじめる。

「実は、貴族の坊ちゃんにイザベラさんには黙っておけと言われているんだが……」

「ウィリアム様のことですか？　フィリップさんは彼とは街で会っただけでは？」

ぽつりぽつりとフィリップさんは続ける。

「いや実は、あのとき、坊ちゃんの口からアイラの名前が出ただろう？　もしやアイラの婚約者じゃないかと思って、坊ちゃんとイザベラさんの話なんかも、勝手に聞かせてもらっていたんだ。本当にすまない」

「そうだったんですね」

彼は頭を下げた。

「悪かった。そうして宿屋から別荘に帰ろうとしていた貴族の坊ちゃんに、オレは話を持ちかけたんだ」

ウィリアム様が置手紙をした日のことだろう。

眉(まゆ)をひそめながらフィリップさんは続けた。

「坊ちゃんは、アイラとの婚約を破棄したらイザベラさんのところに行く気のようだったが、アイラは違う。あいつはカゴの中の鳥だ。外に出たくても、屋敷や別荘で、使用人たちにずっと見張られている。あの日、街にいたアイラを攫わなかったことは、今も後悔している」

「確かにそうですね……それにウィリアム様と結婚しなくても、また別の貴族をあてがわれるだけなのでしょうから」

テイラー侯爵様は『貴族』という身分に縛られているから、アイリーン様の本当の幸せは叶わない結果になってしまう。

「そうだ。だから、アイラを攫う機会を作ってほしいと、あの坊ちゃんに懇願したんだ。……見ず知らずの村人であるオレの言い分をちゃんと聞いてくれた。だが、坊ちゃんもアイラとはしばらく会っていないと言っていた。そうして、結婚式当日にしか顔を合わせてもらえないかもしれないという話になった」

「……そんな」

「そこで、結婚式の当日、オレがアイラを攫う隙を作ってくれと頼んだんだ」

私は目を見開いた。

「え？　じゃあ、ウィリアム様は全て分かった上で、この結婚式に臨んでいるということですか？」

「あぁ。もし神父の誓いの口上が終わるまでに隙を作れなかったなら、オレが教会に侵入することになっている」

ウィリアム様とフィリップさんの間で、そんな話になっていたとは思いもよらなかった。

「そこでだ。イザベラさんは教会の外で待っていてくれ」

「ダメです！　そんなことしたら……！」

私も一緒に式場に入り込んで、ウィリアム様を連れ出すつもりだったので、フィリップさんの言葉に驚きを隠せない。

それにそんなことをすれば、フィリップさんだけが悪者になってしまう。

「あの坊ちゃんは『俺は勝手にするが、イザベラはまだ俺と家族になる決意を固めていない。だから巻き込みたくない』と話していたんだ。そうこうしてたら、あの貴族の父親がイザベラさんのところに現れた」

　彼は続ける。

「おせっかいかもしれないが、目を離したらイザベラさんが別の国に行きかねなかったから……そうしたら、また坊ちゃんとイザベラさんはすれ違っちまう。だから、つい声をかけただけなんだ。イザベラさんに妙なやる気を出させちまったが」

　確かに彼の言う通り、ブルーム伯爵様に言われるがままに、この国を出ていこうかと迷ってしまっていた。

　フィリップさんの存在があったからこそ、ウィリアム様と幸せになろうと決意を固めることが出来たと言える。

「オレが全部悪いことにすれば、ウィリアムの坊ちゃんは花嫁に逃げられた立場になる。そうすれば、イザベラさんとウィリアムの坊ちゃんがテイラー侯爵から罪に問われることはない」

　彼の言葉に衝撃が走る。

「そうすれば、オレとアイラが無事に逃げ切ったあと、ふたりで父親を説得して貴族のまま屋敷に戻るなり、身分関係なしで村で幸せに暮らすなりすれば良いさ。オレだけが悪者になれば良い。イザベラさんは待っていて構わないから」

「そんな」

「よし、そろそろだ。教会にもっと近づこう」

フィリップさんは有無を言わさぬ態度で、私の言葉を遮る。

……全部フィリップさんのせいにして、私たちだけが幸せになって良いの？

彼だけが悪人として扱われるのは、おかしくないだろうか？

令嬢を誘拐した犯罪者だとして、隠れて生きていくしかなくなる。フィリップさんが犯罪者になったら、アイリーン様もベティちゃんも悲しむだろう。

それに、知ってしまった以上は、私も共犯ではないだろうか？

そんなことを考えながら私はフィリップさんと一緒に、正面の荘厳（そうごん）な扉の近くまで来ていた。

外の小窓から中を覗く。

天井は高く、アーチ枠が列になって並んでいる。壁は白漆喰（しろしっくい）で塗られており、絵画がいくつか飾られていた。大きな窓には、色とりどりのステンドグラスが嵌められており、陽（ひ）の光で煌（きら）めいている。

床はガラスが散りばめられた舗装用の石で出来ていた。奥にある祭壇の周囲の床には、紋様の描かれたタイルが使用されている。

何列もある木のベンチには精緻な花が彫られており、多くの列席者が埋め尽くしていた。

今、ベンチの間の通路を一組の男女がゆっくりと歩いている。

純白のドレスを身にまとった美しいアイリーン様と、黒い正装を身につけた彼女の父親テイラー侯爵様だ。

祭壇の少し手前には、正装に身を包んだウィリアム様がふたりを待ち構えていた。

新婦の父親が、新郎に娘を引き渡す。

はたから見れば、麗しい貴族の恋人同士が結婚するように見えるのかもしれない。

だが、見る者が見れば分かる。ふたりの表情は、曇り空のように陰っていた。

「ここまで、全く隙なんてなかったな……」

ベティちゃんを背に乗せたフィリップさんが身構える。

アイリーン様には、ずっとテイラー侯爵様がついていたに違いなかった。

祭壇の前の神父に向かって、ウィリアム様とアイリーン様が歩みはじめる。

いよいよ神父の口上だ。

「式の最中で申し訳ないが、父上と未来の父親たるテイラー侯爵にお話があります」

ウィリアム様の凛とした声が、厳かな場に響き渡る。

「あの坊ちゃん、計画と違うじゃないか！」

私の隣にいるフィリップさんは、目を見開く。

教会の中に視線を戻すと、式次第と異なる流れに、周囲はざわめいていた。

「テイラー侯爵、俺、いや、私はアイリーン嬢と今から結婚の宣誓書にサインいたしますが、本当に私で良いのでしょうか？　どんな私でもテイラー侯爵は受け入れてくださいますか？」

ふたりから離れた位置まで移動していた黒髪黒髭の紳士が振り返る。義理の息子になる人物に対して、テイラー侯爵様は大きく頷いた。

「もちろんだ、ウィリアム君。私は娘の幸せが一番だと考えている。君は娘の婿に相応しい優秀な人物だ。いったい、どうしたのかね？」

ウィリアム様の父親であるブルーム伯爵様もハラハラとした様子で彼を見守っている。

そんな父に向かってウィリアム様は向き直る。

「父上。今になって申し訳ございません」

しんと静まり返った場で、皆が新郎に釘付けになる。

ウィリアム様が瞼を持ち上げると、蒼い瞳が現れる。そこには強い意思が宿っていた。

「実は、爵位放棄のための声明文を貴族院に提出してまいりました。これで私が父上の跡を継いでブルーム伯爵になることはありません」

彼の言葉に、親族たちに再びざわめきが走る。

当のブルーム伯爵様は言葉を失っているようだ。

「な……」

テイラー侯爵様がわなわなと震えはじめ、憤慨した様子でウィリアム様の元へと、靴をカツカツと鳴らしながら詰め寄ろうとする。

だが、ウィリアム様は毅然とした態度で告げた。

「テイラー侯爵、先ほどまでの私と今の私。違いがあるとすれば身分だけだ。人を判断するのに、そこまで重要なものなのでしょうか？　それは愛する娘の幸せ以上に大切なものなのですか？」

彼の問いかけに対し、テイラー侯爵様は絶句する。

ウィリアム様はアイリーン様に向き直って問いかけた。

「どうですか、アイリーン嬢？　あなたもお父様と同じ考えでしょうか？　貴族ではなく平民の男では嫌だと思っていますか？　愛のない結婚から始まっても、幸せになる者たちがいるのは知っている。だけど我々には、お互い、もうすでに他に愛する者がいるはずだ」

「っ！」

そうして、ウィリアム様は玲瓏たる声で告げる。

「私は愛のない結婚は望まない。俺には心に誓った人がいる」

……ウィリアム様！

式場は騒然となった。

こんなときだというのに、私の心は火が灯ったように温かくなる。

「アイリーン嬢、あなたの口からも……あなたの本当の幸せは何か教えていただけませんか？」

ウィリアム様は問いかけた。

「わ、わたしは……」

彼女が初めて口を開く。可憐な唇は震えていた。ぱっちりとした碧の瞳からは涙が溢れ出す。

「相手が、貴族だとか平民だとか身分など、どうでも良いのです」

「アイリーン！」

彼らの会話を聞いて戸惑う列席者のざわめきの中で、テイラー侯爵様が叫んだ。

名を呼ばれた彼女はびくりと震え、悲痛な声を上げた。

「わたしは……確かに、愛する人のためなら身分なんて、世間体なんて、本当はどうでも良い。だけど、それはウィリアム様……あなたではなくて……!!」

物静かだという噂とは程遠い大きな声で、堰を切ったように、彼女は想いを叫んだ。

「わたしが本当に幸せになれるのは、幸せになりたい人は……」

花嫁の腕を引いて、ウィリアム様は扉の方へと移動する。

「いったいどこへ、ウィリアム様?」

アイリーン様の声が上ずる。

列席者たちのざわめきは、ますます大きくなった。

だが、新郎新婦の歩みを誰も止められずにいる。

「アイリーン嬢、一緒に身分を捨ててしまいませんか?」

ウィリアム様の提案に彼女は目を見開く。

いつの間にか、新郎新婦は教会の入り口に辿り着こうとしていた。

フィリップさんが慌てて扉へと向かったため、私も一緒に駆け出す。

荘厳な扉が、ゆっくりと私たちの前で開かれた。

「あなたは、本当に愛する人の元へ」

アイリーン様は、私の隣にいるフィリップさんを見てハッと息を呑んだ。

そうして、ウィリアム様が私に向かって微笑みかけてくる。

「俺も、今度こそ。本当に愛する女性を逃さない。イザベラ」

新郎新婦(しんろうしんぷ)であるウィリアム様とアイリーン様、フィリップさんと私、赤ん坊のチャーリーとベティちゃん――六人は、ざわめく教会の扉の前で再会を果たしたのだった。

名を呼ばれた私は目頭が熱くなる。

ウィリアム様は、ちらりとフィリップさんに視線を移した。

「フィリップとかいう男。約束した話と違うじゃないか。イザベラにチャーリーまで連れてきて」

「お互い様じゃないか？　貴族の坊ちゃん」

ため息をつくウィリアム様に対して、フィリップさんも不敵に微笑んだ。

ウィリアム様はフィリップさんだけが悪くならないように、そして、アイリーン様に別の婚約者が出来ないように動いていた。

一方でフィリップさんは、ウィリアム様と私がすれ違わないようにと気を遣った。

お互いを思いやるふたりは、どちらも計画とは違う行動に出たのだ。

「フィリップ」

アイリーン様が、花婿であるウィリアム様の元を離れた。フィリップさんを見つめる

「出番を貴族の坊ちゃんに奪われちまったが……。迎えに来たぞ、アイラ」

破顔したフィリップさんが、アイリーン様に告げた。

彼の声を聞いた彼女の瞳が、ますます大きく揺れる。

「フィリップ？　どうして迎えに？　もうわたしのことなんて、忘れてしまったんじゃ」

「オレがお前のことを忘れるわけないだろう？　余計なお世話だったか？」

再び彼女の瞳からは涙が溢れる。

「余計なお世話なんかじゃない。だけど、わたしにはあなたの元に戻れる資格がない。大事なあの子を死なせてしまった、わたしなんかじゃ」

泣き崩れそうになるアイリーン様の身体をフィリップさんが支える。

「アイラ、お前は誤解を」

「あ～～、う～～」

そのとき、赤ん坊の声が聞こえた。

彼女ははっとして、フィリップさんの背に目をやる。アイリーン様と同じ黒髪の赤ん坊、ベティちゃんを認識して声を上げた。

「……まさか！」

「アイラとオレの子のベティだよ。女が生まれたらベティって名付けたいって言ってただろう?」

「わたしの……大切な……っ……」

アイリーン様はベティちゃんを抱き上げると、離れていた時間の分、強く強く抱きしめた。ひとしきり彼女は涙を流す。

「アイリーン!」

彼女の父であるテイラー侯爵様に名を呼ばれ、花嫁の身体がびくりと跳ねた。

「お父様、どうしてわたしに嘘をついたのですか⁉」

「私は、お前に貴族として幸せになってほしくて……」

テイラー侯爵様の声が震えていた。列席者たちも「アイリーン様に隠し子がいたようだ」とひそひそ話をしはじめる。

そんな中、テイラー侯爵様に向かってアイリーン様が叫ぶように告げた。

「わたしがどこか遠くに行けば、お父様がひとりになってしまうから……! お母様の不義の子だと言われ続けたわたしを可愛がってくれたお父様をひとりにはしたくなかったから。だけど、こんな仕打ちを受けるなんて……。子が死んだと聞かされた母の気持ちなんて、お父様には分からないわ!」

テイラー侯爵様は顔面蒼白のまま瞠目していた。

そのとき彼の元にブルーム伯爵様が駆け寄り、土下座して必死に懇願する。

「すみません、テイラー侯爵、息子の馬鹿をどうか許してやってください……！　この子は悪い子ではないのです。ただ、貴族としての意識が乏しかっただけなのです」

だが、テイラー侯爵様本人は愛娘の言葉にショックを受けたまま、反応出来ずにいる。

ブルーム伯爵様は顔を上げると、ウィリアム様に向かって苦言を呈する。

「ウィリアム。私はお前が家を継いだあと、苦労しないようにと頑張ってきたつもりだった。お前が貴族として、貴族と結婚して過ごせば、それなりの幸せが手に入ったはずだ。だが、爵位を放棄してでも、お前は――」

「父上。俺は領民や使用人に愛されるブルーム伯爵として、あなたのことは尊敬している。だから父上の期待に応えたくて、愛する女性との恋を捨ててでも、あなたの願いを呑んできた」

ウィリアム様は、かつてないほど決意の宿った眼差しを父親に向けた。

そうして彼は続ける。

「だけど、ひとりの息子としては、そんなのはどうでも良かったんだ。母上が亡くなるとき、帰ってきてくれないあなたのことが悲しかった」

ブルーム伯爵様の蒼い瞳が揺れる。

「私は、ウィリアムと母さんのことを思って……」

「俺は父上と母上が揃って食卓を囲んだり、話をしたり……そんな些細な家族の幸せが欲しかった」

ウィリアム様は深々と頭を下げた。

「今までずっと、父上は俺のワガママを許してくれた。そのおかげで、愛する女性と可愛い息子に出会うことが出来ました。本当に……ありがとうございました」

私の方に視線を向けたブルーム伯爵様がわないた。

「イザベラに、金色の髪の赤ん坊？　まさか……」

私は心臓が鷲掴みにされるような感覚に陥る。

……父は子の幸せを願い、子は父の期待に応えようとした。

アイリーン様とテイラー侯爵様。

ウィリアム様とブルーム伯爵様。

親も子も、互いを思いやって行動してきたというのに、結果的にその思いやる気持ちがすれ違ってしまっている。

本当なら、分かり合えたはずなのでは……

そんな彼らの様子を黙って見ていると、ウィリアム様が私の手をとって駆け出した。

フィリップさんも、重たいドレスをまとうアイリーン様をベティちゃんごと抱きかかえて走りはじめる。

……本当にこのまま、すれ違ったまま、親とお別れしても良いの？

列席者たちのざわめきが落ち着かない中、二組の恋人たちと子の六人が外へと駆ける。

呆然として動けない父親ふたりに対して、バーバラ様が声をかけているのが遠目に見えた。

教会を飛び出し、敷地外まで一気に走り抜ける。丘の上から舗装された坂道を駆け下りていく。

「貴族の坊ちゃん、イザベラさん！　そっちを右だ！」

私の手を引くウィリアム様と一緒に、緑が生い茂る脇道へと逸れる。

「イザベラちゃん、フィリップ、こっちだ！」

昨日、この教会まで連れてきてくれた老人が声を張り上げていた。

彼に促されるまま、木陰に潜んでいた馬車へと六人で乗り込む。

そのまま、老人は馬車がぎりぎり通れるか通れないかという道なき道を下りはじめた。

窓のすぐそばには、木の枝や葉が見える。というよりも、それらがガラスに当たってきて、時折パキパキと折れる音が聞こえてくる。

「普通の御者なら通れないだろうが、爺さんは地元で鍛えている。このぐらいの道は余裕で通れるから安心しなよ」

斜め前に座るフィリップさんが片目を瞑る。

「おじいさんを巻き込んで大丈夫だったのでしょうか？」

「『年取って退屈だ。なんか面白いことないかな』が口癖の爺さんだから、すぐに協力してくれて、駅まで連れていってもらうことになった。そのあとは列車に乗って、隣国まで逃げ切るだけさ。もし爺さんが責められるようなことが万が一あれば、オレたちに脅されたって言えば問題はない」

「……なるほど？」

納得がいったようないかないような気もしたけれど、とりあえず頷いた。

抱っこしているチャーリーは、馬車の揺れで幸せそうに眠っている。

私は隣に座るウィリアム様に恐る恐る声をかける。

「ウィリアム様。爵位を放棄して……本当に良かったんですか？」

少しだけ胸が苦しかった。

貴族といえば、特権階級だと偉そうにしている者もいるが、そんな者たちばかりではない。

守るべき領地領民のために、休日を犠牲にして無償で慈善事業に従事したり、戦争などでは身体を張って前線に立つことだってある。

本来ならば、民のために責任ある立場にいるのが貴族なのだ。

だからこそノブレス・オブリージュを尊ぶウィリアム様は、領民が望む貴族になれたはずなのだ。

「イザベラ、爵位の放棄は俺が選んだ道だ。お前やチャーリーは関係ない。愛する民を守るために、貴族か平民かなんて関係ないはずなんだ。平民の立場で、民たちのためになる行動をとっていくだけだ」

「……ウィリアム様」

彼の言葉に胸が震えた。ウィリアム様は、書面上は貴族ではなくなったけれど、心は誰よりも貴族であり続けている。

「あの、フィリップと一緒に街で歩いていた方よね？」

私たちのやり取りを黙って見ていたアイリーン様が声をかけてくる。

「はい、そうです。イザベラと申します」

私は深々とお辞儀をした。

「ちょっと、状況の確認をしたくて。わたしはてっきり、フィリップの新しい恋人だと勘違いしていたんですけれど、ウィリアム様の恋人だったのですか？」

「ウィリアム様と私が恋人……⁉」

私はつい動揺して大きな声を上げてしまう。

「だって、あなたが抱（かか）えている赤ん坊はウィリアム様にそっくりですよね？　それに、ウィリアム様が先ほど『愛する女性』だと仰っていませんでしたか？」

そう言われるとその通りなのだが、一晩限りの恋人になっただけだ。まだウィリアム様と本当の恋人だと断言することは憚られる。

そこで私はとりあえず、事実を述べることにした。

「ブルーム伯爵家のお屋敷で働いていた使用人です。幼馴染と言うと無礼に当たるかもしれませんが、小さい頃からの知り合いなんです。そうしたら、い、いつの間にか、この子が……」

なんて苦しい言い訳だろうか。

「いつの間にか？」

アイリーン様は碧（あお）の瞳を見開き、じっとりとした視線をウィリアム様に向ける。

今の言い方だと、ウィリアム様が使用人に手をつける男性だと誤解を招いたかもしれない。

元婚約者であるアイリーン様から嫌疑をかけられ、ウィリアム様は一瞬たじろぐ。

だが、すぐに真面目な表情に戻った彼は、私との関係を語りはじめた。

「イザベラは……俺の大切な子を産んでくれた。大事な女性だ」

その言葉に思わず私の鼓動は速くなるが、自分に言い聞かせる。

……大事な女性。ウィリアム様が欲しかった家族を産んだ女性という立ち位置は間違いないのよね？

チャーリーの母親だからこそ、私はそばにいられる。

すると、突然ウィリアム様が落ち込んだ表情を見せた。

「本人からは……俺は子どもの父親としか思われてはいなさそうだが……」

「おいおい、ウィリアムの坊ちゃん。どれだけ自信ないんだよ！」

フィリップさんが大きな声で笑い出す。

笑われたウィリアム様は顔を真っ赤にして、フィリップさんに抗議した。

「フィリップとかいう男。お前は勝手にイザベラとチャーリーを連れてきておきながら！」

「あんたこそ、作戦とは違う行動に出やがって！　アイラの前で、オレの格好がつかなくなったじゃないか！」

男性ふたりは、わあわあと言い合いをしはじめた。

そんなやり取りをぼんやりと見ていると、アイリーン様が嘆息した。

「……ふたりとも子どもね」

彼女と同じく私も苦笑いを浮かべる。

「イザベラさん。あなたも同じ時期に子どもを産んだのね」

「は、はい」

赤ん坊を抱える(かか)アイリーン様は私に向かって、女神のように微笑みかけてきた。

「ひとりでお子さんを育てていたの？　この子にどう接したら良いか分からないから、良かったらこれから色々と教えてくれる？」

同じ黒髪をしたベティちゃんを撫でながら、彼女は私に問いかけてきた。

「もちろんです！　私で良ければ……！」

ますますアイリーン様は笑みを深める。

同じ年の子を産んだ母親仲間が出来そうで、私はなんだか幸せな気持ちになった。

そんな中、フィリップさんがこちらに声をかけてくる。

「ウィリアムの坊ちゃんはコートを羽織るから良いとして……。ほら、アイラ。婚礼用のドレスだと目立つから普段着に着替えてくれ」

彼はそう言って、アイリーン様に淡いベージュのドレスを手渡した。

怪訝そうな瞳で、彼女は彼の方を見返す。

「……ここで？　フィリップとウィリアム様がいるのに……」

「俺は後ろを向いておきます。それに、自分の好きな女性以外は女性に見えない性質なので、別に気にされなくても大丈夫です」

恥ずかしそうにする彼女を見て、ウィリアム様が真面目に返答している。

アイリーン様は目を丸くしていた。私もウィリアム様の発言にきょとんとしてしまう。

一方、フィリップさんが憤慨しはじめた。

「おい、坊ちゃん、それはオレの恋人に対して失礼だろう？　同じ空間で着替えるのをちっとは気にしろ」

「は？　おかしなことは言ってないだろう？　それともなんだ、着替えに興味があると言った方が良かったのか？」

ウィリアム様が眉をひそめて問い返している。

「そんなことは言っていないが……。アイラの婚約者だったというだけで、ちょっとムカつくってのに……」

「俺の方こそ、俺が不在の間、イザベラとチャーリーのそばにお前がいたのかと思うと腹立たしいのだが……」

そうして、また男性ふたりは言い争いをしはじめた。

アイリーン様が彼らを見て嘆息する。

「やっぱり、子どもね」

彼女は私を振り返ると、にっこりと微笑んだ。

「ウィリアム様は、イザベラさん以外は見えていないみたい」

「そうだったら嬉しいのですが、その、私がチャーリーの母親だから……」

またもや私はたじろいでしまう。

アイリーン様は微笑みながら告げる。

「そういうことにしておきます。では、イザベラさん、良ければ着替えを手伝ってくださる？」

「はい、かしこまりました」

男性ふたりには後ろを向いてもらい、見えないようにドレスの着替えを手伝う。

そうこうしている間に、馬車は駅へと辿り着いたのだった。

第八章　駅での邂逅

馬車を降りると、眩(まばゆ)い光が私たち六人を迎えた。

赤レンガ造りの駅舎は少しだけ古びている。

以前大きな列車事故があり、しばらく列車の運行が控(ひか)えられていたが、最近また運転を再開したそうだ。

駅は乗客や、家族や親しい人を出迎えようとする人々で溢れ返っている。熱気の中に、時折石炭の香りが漂っていた。

人々の談笑や靴の音などでざわめく中、ウィリアム様が私の手を引く。

彼の大きな手に掴まれて、不覚にも心臓がドキンと跳ねた。しかも逞(たくま)しい彼の身体に密着する形になり、鼓動が落ち着かない。

「おい、イザベラ、俺から離れるな。お前は目を離すと、すぐどこかに行くからな。ほら、チャーリーは俺が抱(かか)えておくから」

そう言って、ウィリアム様が右腕にチャーリーを抱(かか)える。

愛息の首はもうすわっていて、縦に抱きかかえても問題はない。私が抱っこするよりも視界が高いからか、きゃっきゃと嬉しそうに笑っていた。

……最近のチャーリーはだいぶ体重が増えたのに、軽々と抱いてすごい。

そんな場合じゃないのに、ウィリアム様の男性らしさを感じてときめいてしまった。

ひとりで赤くなっていると、ウィリアム様はきょとんとした顔で私の方を見ていた。

「どうした？」

「ええっと、なんでもありません」

わたわたしていると、周囲から視線を浴びている気がしてくる。きょろきょろと人だかりを見ると、皆が自分たちを注目していることに気づいた。

日傘を差す貴婦人たちが、熱い視線をウィリアム様に送っている。

隠しきれない気品を身にまとう隣の美青年を見上げた。

さらに、私はちらりと後方を見る。

少し後ろを歩くフィリップさんとアイリーン様、ベティちゃんの三人。

彼らも一様に皆の視線を受けていた。

……フィリップさんもアイリーン様も美形だから目立ってる。

ウィリアム様よりも少し身長が高いフィリップさんは、人込みの中でも頭ひとつ抜きん出ている。

美貌の持ち主たちに囲まれている私は、彼らは変装もした方が良かったのではないかとキョロキョロしてしまう。

「イザベラのことを見ている男たちがいる」

イライラした様子でウィリアム様が口を開いた。

「え？　ウィリアム様を見ている、の間違いでは？　もしくは他のおふたりを」

「いや、イザベラ、お前だ。お前がそうやって無自覚だから、俺は昔から『他の男とは喋るな』と命じたりしてだな」

「坊ちゃん、イザベラさんに対して全然余裕がないじゃないか？　まあ、確かに彼女は可愛らしいから心配になる気持ちも分からなくはないが」

ぶつぶつ言うウィリアム様の発言を、耳聡くフィリップさんが聞きつけ反応する。

飄々と言い放つフィリップさんに対して、ウィリアム様がバツが悪そうに眉をひそめる。

「仕方ないじゃないか」

私の隣に、ベティちゃんを抱えたアイリーン様が現れた。

「イザベラさん、化粧をしていないのに肌は綺麗だし、可愛らしい顔立ちで羨ましいわ。

ちょっと口紅を塗るだけで映えるから、他の男性が声をかけないか、ウィリアム様もひやひやしてらしたのでしょうね」

彼女は女神のように微笑む。教会でアイリーン様は辛そうにしていたけれど、ベティちゃんが生きているのが分かって、すっかり元気に見える。

触れれば壊れてしまうガラスのように儚い印象だったのが、今となっては嘘のようで、碧の瞳には力強さがある。

母は強しとは、よく言ったものだ。

「イザベラさんは確かに可愛らしい女性よ。フィリップもそう思うのは仕方ないけれど、ちょっと妬けちゃうな」

「違う！　ア、アイラ、お前にはお前の魅力があってだな」

微笑むアイリーン様に対して、フィリップさんはドギマギしているようだった。

皆で談笑している間に、駅のホームに辿り着く。

黒い帽子を被り、同じく漆黒の制服を着た駅員が、切符を切ってくれた。

遠くから熱せられた蒸気が風を切る音が聞こえてくる。

陽炎の向こうに、蒸気機関車の黒い車体が見えてきた。上下する煙突からは、もうもうと灰色の煙がたなびいている。石炭の燃える香りがどんどん強くなってきた。

いよいよ、隣国行きの列車が来る。

そこには、訳ありの者たちの婚姻を認めてくれる教会があるそうだ。

だが、ブルーム伯爵様とテイラー侯爵様のことがやっぱり気になってしょうがない。

どちらの父親も、子どものことを大切に思っているからこそ、政略結婚という形を選んだ。確かに彼らは行きすぎた行動ばかりをとってしまったけれど、決して悪意からだったわけではない。

「ウィリアム様、アイリーン様、本当に良いのですか？　すれ違ったまま大切な家族と別れてしまって。ウィリアム様は、事前に爵位放棄のための手続きをしていたから、ある程度の覚悟は出来ていたかもしれません。だけど、アイリーン様は突然でしたし……」

さらに私は続けた。

「親として子どもを育てるようになったからこそ分かるのです。身分なんて関係ない。子を想う親の気持ちが……」

恐る恐る、ふたりに想いを伝えた。

「イザベラ、そんなのもうとっくに覚悟は決めている」

ウィリアム様は力強く訴えてくる。

「わたしも、ベティとフィリップがいれば……。わたしはお母様のような不実な母親になりたくないのです。そんな母にわたしを仕立てようとしたお父様のところには戻れない」

アイリーン様もウィリアム様と同じようにはっきりと告げる。

だが、ふたりの瞳は揺れ動いていた。

——しっかり話し合えば、本当は分かり合えるのではないだろうか？

何か良い方法はないかと必死に頭を働かせる。

考えているうちに、プラットフォームに汽車が到着する。車輪の軋む音とともに、黒い車体が我々の前で停車し、駅員が扉を開けた。

チャーリーを抱えたウィリアム様に手を取られ、私は蒸気機関車の中に乗り込んだ。後ろから、ベティちゃんを抱っこするアイリーン様とフィリップさんも続く。

扉が閉まり、出発の汽笛が聞こえた。

そのとき、駅員たちがざわめきはじめ、しきりに汽車の中へ出たり入ったりを繰り返す。

着席しようとしていたウィリアム様と私は、車窓から外を覗いた。

背後からフィリップさんが声をかけてくる。

「おいおい、出発を急いでほしいってときに限ってツイてないな」

「そうですね。車両のトラブルでしょうか？」

私はまた外へと視線を向けた。

プラットフォームの先には、駅構内と外を区分するための木の柵が設けられている。

その向こう側は、人で溢れていた。

なかなか出発しない中、遠くから聞き覚えのある声が耳に届いた。

「待ってくれ！　ウィリアム！」

「アイリーン！」

人波をかき分けながら近づいてくる影がふたつ。結婚式用の正装を着たままの壮年の男性ふたりが、蒸気機関車に向かって駆けてきていたのだ。

ウィリアム様の瞳が大きく開(ひら)かれる。

「おい、イザベラ」

「はい、なんでしょうか？」

こちらを見てくる彼の蒼(あお)い瞳は揺れ動いている。金の髪が、窓から差す光に煌(きら)めいた。

「チャーリーを頼んだ」

「え？　まさか、ウィリアム様？」

ウィリアム様はチャーリーを私に預けると、汽車の扉の方へと向かった。

フィリップさんとアイリーン様は立ち尽くしている。

「今回こそは絶対に逃げ切ってみせましょう」

以前も一度駆け落ちしたが、失敗したという彼女たち。アイリーン様はベティちゃんが生きていることを知ってから、決意が揺らぐ様子はない。

「あぁ……だがアイラ、これが親父さんと話す最後の機会になるかもしれないぞ？　本当に良いのか？」

フィリップさんの問いかけに対して、彼女は眉をひそめる。

「教会でわたしを攫ったあなたが、それを言うの？」

「お前がベティのことを知らないままだと、良くないと思ってたからな。ベティの父親になったから分かるが……オレがお前の親父さんの立場だったとして、より良い結婚相手に嫁がせてやりたいと考えるのも自然だ」

彼らを横目に、ウィリアム様を追いかけた私は、ひとまず扉から出る。

駅のプラットフォームには、ブルーム伯爵様が予想外の速さで辿り着いていた。

ブルーム伯爵様は息を整えると、息子と対峙する。それから、ゆっくりと語りはじめた。

「ウィリアム、お前に伝えていなかったことがある」

「ああ。もともと私には、兄がいた。長男である彼がブルーム家を継ぐ予定だったんだ。……だが使用人と駆け落ちした兄は亡くなり、次男だった私がブルーム家を継ぐことになった。そうして、本当は兄の婚約者だったお前の母さんと結婚することになった」

「え？」

ウィリアム様は目を見開く。

「我々の父親は、身分差に対して寛容な人物だった。その影響を受けた兄と私も、貴族だとか使用人だとかで差別をするような育てられ方はしなかった」

それを聞いて私は、今までブルーム伯爵様が孤児である自分のことを実の親のように可愛がってくれたことに納得した。

優しいブルーム伯爵様の顔には苦渋の色が浮かんでいる。

「だが、それが災いして、と言っては良くないのだろうが……。私の兄は、使用人と恋に落ちてしまった。私の父も身分差には寛容だったが、結婚となると、今以上に人の目が厳しい時代だ。父親たちが悩んでいる間に、その女性と一緒に兄は出ていってしまった。そうして、ある日、兄が亡くなったとだけ知らせがきたんだ」

「……そんな」

私は思わず言葉が漏れてしまう。

彼は続けた。

「後継者としての教育を受けてこなかった私には、高貴なお前の母親も、ブルーム伯爵という地位もすぎたものだった。だが、どうにかしないといけない。妻ともどう接したら良いのか分からないまま……家族のためだと言って、仕事に打ち込んでしまったのかもしれない」

ウィリアム様は父親の話を黙って聞いている。

「お前がイザベラに好意を抱いているのは知っていた。兄と同じ道を辿らないかと不安だった。だが、彼女は屋敷から出ていったし、やはりウィリアムの一方的な懸想だったのだと、どこかで安堵する自分がいた。結局、結婚相手はアイリーン嬢が相応しいのだろう。これで良かったと……」

さらにブルーム伯爵様は続ける。

「けれども、隠れてイザベラに会いに行っていると聞いたとき、お前が兄と重なったんだ。結果、お前の意見は聞かずに部屋に閉じ込めてしまった」

「……父上」

「今にして思えば、大人しく部屋に閉じこもったときには、お前はもう爵位放棄の手続きをしていたんだろうな。爵位を捨てるほどの覚悟があるとは思っていなかった。兄とお前は違うというのに……」

ブルーム伯爵様は辛そうな表情でウィリアム様に告げた。

「貴族という立場に縛られて、お前の幸せを見誤った。もっとお前と話し合えていたら、上流階級だからと怯えずに覚悟を決めて、一緒にテイラー侯爵に破談を申し出ていたのに……教会でしかお前に本心を語らせることが出来なかった……お前との対話を拒んだ私の責任だ」

「対話を阻んだのは俺もです。自分に自信がなかったから、話をこじらせてしまった」

ウィリアム様は首を横に振った。

そのとき、蒸気機関車の扉付近で、低い男性の声がした。

「アイリーン……」

そちらに目を向けると、ちょうど、テイラー侯爵様とアイリーン様が対峙している。

彼女の隣にはフィリップさんがいて、ベティちゃんを抱きしめていた。

フィリップさんを見て、ブルーム伯爵様はなぜか目を見開く。

……ブルーム伯爵様、どうしたのかしら？

しかしブルーム伯爵様とは違い、テイラー侯爵様は険しい表情を浮かべていた。

「どうしても、アイリーンはその青年が良いのか？」

まだ彼は頑なにフィリップさんとアイリーン様のことを認めていないようだった。

「お父様には関係ないわ。お母様はよく色々な男性と遊んでいて、お父様との婚約中にはすでにお腹の中にわたしがいたというじゃない？　お父様はわたしを実の子だと思っていないから……だから好きな男性から引き離したり、子どもを奪ったりしたのでしょう？」

彼女は美しい顔を歪めて、父親に抗議する。自分の出生にアイリーン様は悩んでいたに違いない。

そんな娘に対して、テイラー侯爵様はぽつりと呟いた。

「たとえ、自分の子どもじゃなかったとしても……血の繋がりがなかろうとも、お前は私の娘だ」

言い切った父親に対して、アイリーン様は瞠目しながら尋ねる。

「だったら、どうして？　娘だと思っているのなら、どうして好きでもない男性と無理に結婚させようとしたの？」

テイラー侯爵様は寂しそうだった。

「人は……人という生き物は、簡単に裏切るんだ。それならば、最初から信じなければ良い。どうせ裏切られるなら、初めから身分差という障害などがない方がいいに決まっている」

彼の言葉に、なぜだか私は聞き覚えがあるような気がした。誰かが似たようなことを——人を簡単に信じてはいけないという話をしていなかった？

「私は人を信用出来ない。それは自分自身も含めてだ」

アイリーン様が問う。

「それは、お母様が原因なの？」

「お前の母は、遊びに興じる貴族だっただけだ。私が人を信用出来なくなったのは……」

テイラー侯爵様は目を瞑った。

ふと、自分たちの周囲に人垣が出来ていることに気づいた。蒸気機関車の車窓から、こちらを覗いている人たちもいる。

……それもそうだろう。車両トラブルで動かなくなった蒸気機関車の前で、明らかに貴族と思われる壮年の男ふたりと、その子どもたちの総勢六名で話し合いをしていれば、人だかりが出来てもしょうがない。

そんな人込みをかき分けながら、ひとりの女性が近づいてくる。

「失礼いたします。子どもたちだけでなく、我々も話し合った方が良さそうですわね、テイラー侯爵」

そう言って突然現れたのは、眼鏡をかけた堅い印象の女性。

その瞬間私は、なぜかお母さんと別れた日のことが頭をよぎる。

これは、ありし日の思い出。

あの日の空も、今みたいに澄み渡っていた。

『イザベラ、ごめんなさい。私があなたのお父様を信じることが出来なかったから……。情けないお母様を許して……いつか絶対に迎えに来るから……』

『ママ――！』

青空の明るさとは反対に、哀しい別れが待っていた日。

真っ赤な太陽が照り付けており、逆光で母親の顔は見えなかった。緩やかな長い髪と紺色のワンピースを翻しながら駆けていく彼女は、孤児院の前の通りの人だかりの中へと消えていった。

いつか彼女が自分を迎えに来てくれる日を待ちわびて、いつも孤児院の門の前で待ったものだ。

しかし、彼女が私を迎えに来てくれることはなかった。

そうして、母の代わりに私を拾ってくれたのがウィリアム様だった。

そんな彼の後ろ（うし）に、いつも控（ひか）えていたのは、そう、家政婦長バーバラ様。


そんな彼女が——今、目の前に現れた。

「おい、イザベラ」

ウィリアム様に声をかけられ、私ははっとする。

「はっ、はい、なんでしょうか？」

「この非常時にぼんやりするなんて。相変わらず、お前というやつは、しっかりしているんだかそうじゃないんだか……本当に目が離せないやつだな」

父親であるブルーム伯爵様の想いを聞くことが出来て、心に少しばかり余裕が出来たのか、ウィリアム様に笑顔が見えた。

ブルーム伯爵様は、バーバラ様に声をかける。

「バーバラ。この近くの村の出身だというお前が声をかけてくれたおかげで、ウィリアムたちに追いつくことが出来た。感謝してもしきれない」

「いいえ、お役に立てて仕える身として嬉しく存じます。ただ今回は、私にも理由があって声をかけたのです。全てを知っておきながら黙秘を貫いた罪を贖いにまいりました」

彼女はテイラー侯爵様の方に向き直った。

「テイラー侯爵。いいえ、ゴードン。あなたが人を信じられないのは、私が関係していますか？」

「バーバラ」

……バーバラ様とテイラー侯爵様は、いったいどういう関係なのだろう？

上位貴族であるテイラー侯爵様のファーストネームを呼び捨てにするなんて、バーバラ様に似つかわしくない。

ゴードンと呼ばれたテイラー侯爵様は、しばらくして、ぽつりと口にした。

「もう二十年近くも前の話になるか。使用人だったお前が、突然私の前から姿を消したのは……」

思わず私は目を見開いてしまう。

もともとバーバラ様はテイラー侯爵家で働いていたようだ。旧知の仲だったからこそ、ブルーム伯爵家でふたりは言葉を交わしていたのだろう。それもファーストネームで呼び合うなんて、親密な仲だったように受け取れた。

バーバラ様はゆっくりと語りはじめる。

「昔語りになりますが……一緒に住んでいた姉のように慕っていた女性から、帝都に出て仕事をしてはどうかと誘われたときから話は始まります。彼女はブルーム伯爵家で、私はテイラー侯爵家でメイドとして、運良く働き口を見つけることが出来ました」

「まさか、お前の言う女性と言うのは？」

ブルーム伯爵様が唸った。

「ええ、そうです。ブルーム伯爵様のお兄様と駆け落ちした女性のことです」

「そうだったのか。だが、お前が彼女と知り合いだと黙っていたからといって、私の兄がしでかしたことなのだから、気にする必要はない」

「そう言っていただき、ありがとうございます」

バーバラ様は伏し目がちになる。

「……だけど、彼らの子どもには辛（つら）い思いをさせたはずです」

彼女の言葉に、ブルーム伯爵様は動揺した。

「兄に子どもがいるというのか？」

「そうです、ブルーム伯爵様。申し訳ございません……私が黙秘したのは、それだけではございません」

バーバラ様は謝罪する。

彼女はテイラー侯爵様の方に視線を移した。

「ゴードン、あなたにも黙っていることがあるのです」

彼女の言葉を聞いて、名を呼ばれた彼は目を見開く。

「……お前が私に？」

「はい、ずっと言えなかったことがございます。私がテイラー侯爵夫人の言葉を鵜呑みにしなければ、ここにいる皆の話が、ここまでこじれてなかったかもしれない」

「妻が？」

テイラー侯爵様は困惑しているようだった。

「ええ、まだ婚約前の話です。テイラー侯爵夫人とゴードンの婚約の話が出たとき、あなたは私に『一緒に逃げよう』と話を持ちかけてきましたね」

私は心臓を掴まれたような心地になった。

……テイラー侯爵様と使用人だったバーバラ様は恋仲だった？

まるでブルーム伯爵様のお兄様と恋人、ウィリアム様と私のようだ。貴族の使用人との恋は遊びが多いと聞くが、真面目な人間になればなるほど本気の恋に発展することもあるのかもしれない。

さらにバーバラ様は続ける。

「しかし、あなたと私の関係に気づいた彼女が『ゴードンは自分に一目ぼれした。裏で愛を囁(ささや)かれている』と仰ってきたのです」

「そんな！　それは誤解だ……！」

テイラー侯爵様は悲痛な声を上げる。

私は状況がうまく呑み込めず、バーバラ様の話を聞き続ける。

「すでに妊娠している夫人を見て、あなたの言葉が信じられなくなりました。ゴードンは私に甘い言葉を囁(ささや)いておきながら、裏では他の女性とも関係を持っていたのかと……そして、私はあなたにひどい言葉をぶつけて姿を消した」

彼女の発言を聞いて、私はますます驚いてしまった。

……アイリーン様のお母様が、ふたりの仲を引き裂く嘘をついたということ？

「あとから、テイラー侯爵夫人の奔放な恋の噂を聞いて後悔しました。だけど、時はすでに経ちすぎていた」

彼女はテイラー侯爵様に問いかける。

「ゴードン、あなたを裏切ったのは私です。アイリーン様が選んだ男性が同じように裏切るかどうかは、その男性次第のはず。そうは思いませんか？　それとも裏切った女の言葉は聞きたくありませんか？」

テイラー侯爵様は、ぽつりぽつりと返答した。

「バーバラ、お前のことを恨んだこともあった。だが結局、ウィリアム君のように貴族の地位を捨てることも、お前を捜すこともせずに、誰の子とも知らぬ――アイリーンを妊娠していた妻との結婚を選んだのは私だ。地位を守ることに固執した、そんな不甲斐ない自分自身を一番信用出来ないんだ」

厳格だという噂の彼だが、どことなく寂しそうに見える。

「アイリーンがその男と行くと言うのなら、侯爵は遠縁に継いでもらうか、国王に爵位を返還して終わるだけだ。本当に大切なものを見誤った結果だろう」

テイラー侯爵様は喧騒の中へと、ゆっくりと歩みはじめた。

「……だが、アイリーンの父になれたのは悪くなかったな。あとは皆好きに生きると良い。列席していた貴族たちには、私から伝えておくよ」

もう顔も思い出せない母と別れたあの日と同じように、青い空の下、雪がちらつきはじめる。

……このままで本当に良いのだろうか？

「ゴードン、まだ話は終わっては――」

「テイラー侯爵様、どうか待ってください！」

彼の背中があまりにも寂しそうで、私は思わず声をかけてしまった。

「イザベラ⁉」

隣にいたウィリアム様は、私がテイラー侯爵様を引き止めたことに驚きを隠せないようだった。

テイラー侯爵様は立ち止まると、ちらりと私の方を見て、腕に抱えるチャーリーへと視線を移した。

「君は、私がバーバラと見間違えた子だね……イザベラというのか。そうか、君はウィリアム君の恋人だったのか。私の身勝手で、君にも、いや、多くの人々に悪いことをしてしまったようだ」

本当に申し訳なさそうにしているテイラー侯爵様は、ウィリアム様やフィリップさんと同じように、結婚式が取りやめになったことを、全て自分のせいにしようとしている。

「テイラー侯爵様、差し出がましいかもしれませんが……私には『身分なんてどうしてあるのだろうか？』と仰っていましたよね？」

「……」

彼からすれば、予想外の質問だったのだろう。

「あぁ、そうだね。君にはそんな話をした」

テイラー侯爵様は、私の質問に優しく答えてくれる。

私は振り向き、バーバラ様へ問う。

「バーバラ様は私に仰っていましたよね？　『叶わなかった夢を、ウィリアム様と私に託したい』と。その夢には、テイラー侯爵様が関わっているのではないですか？　バーバラ様がテイラー侯爵様の元を去ったのは、何か訳がおありだったのでしょう？」

自嘲気味（じちょうぎみ）に彼女は笑った。

私は必死に伝える。

「テイラー侯爵様、どうかバーバラ様の話を最後まで聞いてくださいませんか？」

テイラー侯爵様は押し黙ったまま、立ち止まる。

ひとまず彼を引き止めることが出来て、私は少しだけほっとした。

一方でバーバラ様は考えあぐねているようだったが、しばらくすると、ぽつりぽつりと呟（つぶや）く。

「昨年、お亡くなりになられたテイラー侯爵夫人から、死後、私に手紙が届きました」

テイラー侯爵様が意外そうに目を見張った。

「手紙には夫人の心情と謝罪の言葉がしたためられていました」

「……妻が？」

「テイラー侯爵夫人――公爵令嬢だった彼女は、物理的には恵まれていましたが、幼い頃から実の両親に愛されることなく育ったそうです。愛が何なのか、異性との距離感も分からなかったがゆえに、様々な男性と関係を持ったのだと……」

特段テイラー侯爵様は、否定をしなかった。

お母様の事情をある程度は知っているのか、アイリーン様は唇を引き結んでいる。

「そんな中、ゴードンと彼女に婚約話が持ち上がったそうです。ゴードンはすぐに断りましたが、それが逆に彼女の興味を引いた。そうして、私とゴードンの関係を知った彼女は、愛し愛される者を妬んで、我々の仲を引き裂こうとして嘘をついたと書かれていました」

「そんな……」

アイリーン様はショックを受けた様子でいる。

バーバラ様は、アイリーン様を一瞥し、続けた。

「私があなたの元を立ち去ったあと、テイラー侯爵夫人は、どこの誰かも分からない男性の子どもを産んだ。初めから彼女はゴードン自体には興味がなく、きらびやかな生活さえ続けていければそれで良いと、アイリーン様の世話は乳母に全て任せ遊びにふけった」

「……ああ、そうだ」

テイラー侯爵様は、身内のあまり知られたくはない話をされて辛そうな表情を見せる。

「だけどゴードンは、血の繋がらないアイリーン様のことを、実の娘のように可愛がった。そんなゴードンを、夫人は最初信じられなかった。でも次第に彼女は、アイリーン様と幼い頃の自分の姿を重ねるようになったそうです」

アイリーン様もいたたまれない気持ちでいるようだった。

「そうして……血の繋がりがあろうとなかろうと、子を愛する親が、この世に確かに存在するのだということに気がついた。アイリーン様を通して、心が癒されるのを感じたのだと」

バーバラ様はアイリーン様へと視線を移す。

「テイラー侯爵夫人は、だんだんと自身を省みるようになり、アイリーン様のことも受け入れることが出来た。だけど、今さら母親の顔をして愛しているとは言えないとも……」

「お、お母様が……」

ずっと母から愛されていないと思っていたのだろう、アイリーン様の瞳が潤む。

「私には事情は分かりませんでしたが、『母になりきれなかった自分の分も、娘のアイリーンには愛する家族とともに生きてほしい』とも書かれていました」

「……っ！　うっ、うぅ」

泣き崩れる恋人の身体をフィリップさんが支えた。

そんな青年へとバーバラ様は視線を送る。

「アイリーン様には、愛する方とお子がいらっしゃったのですね」

「バーバラ。お前は、私の妻に嘘をつかれたのだろう？　それでも手紙の内容を信じるのか？」

テイラー侯爵様に問われた彼女は、ゆっくりと頷いた。

「病状が悪い中、必死に書いてきたと分かる筆致でした。わざわざ嘘をつくとは思えません。テイラー侯爵夫人は、愛し合っていたはずの我々を引き離したことを後悔したそうです」

バーバラ様はテイラー侯爵様をまっすぐに見つめる。

――テイラー侯爵夫人の遺言。

「だからこそ死に際に『もうじき自分は死ぬ。あなたの抱える事情を知っていたにもかかわらず、嘘をついた私の言うことなど聞きたくはないでしょうが、夫を任せる』と手紙を私に送ってきたのです」

「妻がそんなことを？　それに、バーバラの抱える事情？」

「ええ」

バーバラ様は何かを決心したような表情を浮かべた。

「あのとき、テイラー侯爵夫人は妊娠していましたが……私もゴードンの子をお腹に宿していたのです」

「なん……だって……？　私の子を……？」

驚いたのはテイラー侯爵様だけではない。彼の長女として育てられてきたアイリーン様も同じだ。

それに、なぜだかバーバラ様は私の方にも視線を向けていて、緊張が身体を襲ってきた。

「私の血を継ぐ子が……？」

「はい。ゴードンに何も言わず、屋敷を飛び出した私は、ひとりで子を育てていく覚悟を決めた……つもりでした。キツネとタヌキの化かし合いのような貴族のあれこれに、子どもを関らせたくなかったのです」

テイラー侯爵様は唸る。彼の子どもは、血の繋がらないアイリーン様ひとりだけだ。

基本的に男系継承の爵位だが、特殊な条件下では娘が継ぐことも出来る。彼としては、ウィリアム様と結婚するアイリーン様に女侯爵となってもらう予定だったのかもしれない。

だが、彼女が愛したのは辺境の村の青年フィリップさんだ。

いくら彼が貴族のご落胤とはいえ、正統なる貴族の出身ではない。アイリーン様がフィリップさんとの間に男児をもうけたとしても非嫡出子に当たり、爵位継承は難しいだろう。

バーバラ様の出自次第だが、テイラー侯爵様とのお子が男児ならば爵位継承などの問題が絡んでくる。女児ならば、爵位とは関係なく、場合によっては令嬢として扱われることになる。

バーバラ様はテイラー侯爵様に視線を戻すと話を続けた。

「赤ん坊が生まれたとき、今までに感じたことのないほどの幸せに包まれたのを覚えています。この子には私しかいないのだと使命感もありました」

彼女の瞳はどこか虚ろだった。

「だけど、想像以上に世間は厳しかった。なんとか新たな働き口を探しましたが、未婚の母だと蔑まれ、なかなか雇ってもらえなかった。やっと見つかった仕事も、低賃金で生活出来る額ではない。かといって、娼館で働く勇気もない」

　女性が働くのは想像以上に過酷だ。賃金は安く、娼婦に身を落とす女性も少なくない。さらに子連れとなると、職業選択の自由が狭まると言えるだろう。

「周りにどう思われるのだろうかと想像すると、故郷に帰ることも怖くて出来なかった。今にしてみれば、気にしすぎだとは思うけれど、当時は異常なほどに人の目を気にしていました。一方で、子どもぐらいひとりで育てられるといううぬぼれもあったのかもしれません」

　出産前はどこかしら気分が高揚していたり、未経験の事柄を軽く見積もってしまったりすることがある。産めばなんとかなるとは言うが、現実的にはそうでないことも多々あるのだ。

　特に環境次第では、母子が孤立することも多い。街を流れる川に、子を抱きしめたまま身を投げ出す母だっている。

　バーバラ様は自身の経験があったから、私がそんな風にならないようにと気遣ってくれたのだと分かり、彼女の優しさが胸に染み渡る。

「頼る者がおらず、心が荒んでいった私は、うまくいかないのを子どものせいだと思うようになりました。もういっそ、この子を殺して自分も死んでしまおうとさえ何度も考えてしまったのです。子どもに罪はないというのに……」

彼女の声は震えていた。心身ともに追いつめられた当時を思い出しているのかもしれない。

「そんなとき、姉のように慕っていた友人とたまたま再会し、ブルーム伯爵家で働かないかと声をかけられました。本当はもう貴族とは関わりたくありませんでしたが、背に腹は代えられない。結局、私は子どもを孤児院に預けました」

眼鏡の奥の瞳が揺れる。

「いつか迎えに行くと言いながら、月日が経てば経つほどに、娘に忘れられているのではないか、迎えに行っても必要とされないのではないか……そんな不安に苛まれました」

バーバラ様の話が、なぜだか幼少期の自分と妊娠してからの自分に重なる。

「テイラー侯爵夫人の不実な噂を聞いて、その不安に拍車がかかりました。ゴードンは私に真摯な言葉を向けてくれていたのに……裏切った私を憎んでいるのだろうと思い込み、怖くて子どもがいることを伝えに行くことも出来なかった」

彼女は続ける。

「それに、ゴードンの子どもだと分かれば、私に対して執拗だったテイラー侯爵夫人に狙われるかもしれない。そんな風に言い訳をして、結局は迎えに行けなかった。さぞ娘には恨まれていることでしょう」

「バーバラ様！　そんなことありません！」

自嘲（じちょう）気味（ぎみ）に笑うバーバラ様に、私は思わず声をかけていた。大きな声が出て自分でも驚いてしまう。

そのままの勢いで、私は彼女に告げた。

「好きな男性にどう思われているのか不安で、妊娠していることを言い出せない気持ち……私にも分かります」

私がウィリアム様に何も言わずにブルーム伯爵家を飛び出した理由。

アイリーン様との縁談話が進んでいたウィリアム様に、子どもが出来たと告げたら迷惑がかかるからだ。

だが、それは理由のひとつにすぎない。

――お前のことはなんとも思っていない。お前との子どもは欲しくない。

そんな風に愛する男性に拒絶されるのが怖かったのだ。

「バーバラ様のお子様と同じく、私もウィリアム様に拾ってもらうまでは孤児院で過ごしました。確かに、私を捨てた母のことを恨んだことだってありました」

さらに私は続ける。

「でも分かったんです。無事に十月十日、お腹に子どもを宿しておくのは大変だし、産むのも命がけ。生まれたら生まれたで、塞がらない傷がある身体は痛くてしょうがない。泣き続ける赤ん坊の世話をするのも大変で、眠れないことだってしょっちゅうです」

「……イザベラ」

チャーリーを育てて抱いた気持ちだ。

「心が荒むことだって、打ちひしがれることだってありました。母は私を捨てましたが、物心がつくかつかないかまで育てただけでも、彼女はすごかったのだと……考えを改めるようになりました」

私は思いの丈をバーバラ様に述べる。

「周りに親切な村の人たちがいた私でも、子どもを育てるのはもうダメだと何度も思いました。バーバラ様は、ひとりなら尚のこと苦しかったと思います。だから、お子様もバーバラ様のことを恨んではいないと思うんです」

私の言葉はそこで途切れた。

なぜなら、冷たい印象さえあるバーバラ様が涙を流していたからだ。

「ゴードンからも子どもからも、全てから目を背け逃げ出した結果、皆を不幸に陥れるところでした」

「バーバラ？」

「バーバラ様？」

彼女は一度だけテイラー侯爵様の方を見る。

私の心臓がドキンと跳ね、なんだか胸が苦しくてしょうがない。鼓動が速くなって落ち着かない。

「ゴードン。私とあなたの子は……今、目の前にいます」

バーバラ様の瞳には、私が映っていた。

「……？」

目の前の家政婦長とは正反対の、ふんわりと穏やかな母親の姿が脳裏をよぎる。

「ずっとそばにいたのに、母親だと名乗ることが出来なかった。ウィリアム様と愛し合い、身分差に悩んでいると気づいていた。もしかしたらメイドではなく、侯爵令嬢としての人生だってあったかもしれない」

記憶に残る母と比べると、抑揚のない淡々とした口調で告げてくる。

私は、自分の心臓の音が耳元で聞こえるような錯覚に陥った。

「ごめんなさい。逃げ続けた私が全て悪いのです。許してもらおうとは思っていません。

だけど、大事な娘には絶対に幸せになってほしい」

　似ても似つかない女性ふたりの姿が、私の頭の中で像を結んだ。

「私の最愛の子……イザベラ」

　涙を流しながらバーバラ様は、私にそう告げてきたのだった。

「若い頃のバーバラに似ているとは思っていた。それに初めて会った気もしなかった。そうか、私の……」

　テイラー侯爵様の瞳が光った。

　アイリーン様とフィリップさん、ブルーム伯爵様、私の隣に立つウィリアム様も目を見開いている。

「え……えっと……？」

　知らぬうちに、チャーリーを抱きしめる力が強くなってしまう。心臓の音がうるさくてしょうがなかった。

　記憶に残るふんわりと穏やかな母と、冷ややかな印象を受けるバーバラ様。

「バーバラ様が、私のお母さん？」

　戸惑っていると、バーバラ様が話しかけてくる。

「突然、母親だと言っても信じられないでしょう」

そうして彼女は、昔の恋人――テイラー侯爵様へと向き直ると願いを口にする。

「イザベラは間違いなくあなたの子ども、正統なるテイラー侯爵家の血を引く子なのです。どうか慈悲をお与えください。あなたが娘として認めてくだされば、ウィリアム様が爵位継承を放棄する必要はないはずです」

私は呆然としてしまった。

両親だと言われても実感が湧かない。さらに自分がテイラー侯爵家の娘だなんて信じられない。

彼女はブルーム伯爵様へと振り向き、深々と頭を下げる。

「テイラー侯爵夫人からはゴードンを頼んだとの手紙を受け取っていますが、もう月日が経ちすぎました。イザベラのことだって、もっと早くに話してさえいれば良かったのに……責任は全て私にございます。誰かに罰をというのなら、私に罰を与えてください」

ここにいるひとりひとりが素直になれず、きちんと話し合えなかったことが原因だ。

そもそも誰かひとりだけが責任を負うというのは、おかしな話でしかない。

だが突然バーバラ様に母親だと言われて、私はどうすれば良いのか混乱している。一時期は恨んだこともある母親だが、このもやもやとした感情をどう説明すれば良いのか分からないのだ。

私がブルーム伯爵家に来てから、時には厳しく叱ることも多かったバーバラ様。

しかし私の気持ちに寄り添ってくれて、優しい言葉もかけてくれて、困ったときには何も言わずに手を差し伸べてくれた。

眼鏡の奥に覗く瞳が、時々寂しそうだったことを思い出す。

恨んでいるのとは違う。どうして早く教えてくれなかったのかと責める気持ちとも違う。

何も言えずに困惑していると、腕の中のチャーリーが火がついたように泣きはじめた。

「……ふっ、うえっ、ひっく……ふえ……!!」

「どうしちゃったの？」

緊迫していた場に、赤ん坊の大音声が響いた。

普段あやせば落ち着く子が、全然泣き止んでくれない。

「どうした、チャーリー？　ほら、おいで」

ウィリアム様も、泣いている我が子をあやしはじめる。

だが、やはり泣き止まない。

「ひっく……ふえ……!!　ふぇえええええん」

それどころか、ますます大声で泣きわめきはじめた。

「すまない、火に油を注いだようだ」

慌(あわ)てて皆が動き出す。

ベティちゃんを抱(かか)えるアイリーン様とフィリップさんも近づき、チャーリーの機嫌をとろうとした。

けれども、むしろ我が子の叫びは大きくなる一方だ。

チャーリーの祖父――ブルーム伯爵様も近くにやってくる。

「ほら、チャーリーだったかな？　男児たるもの泣いては……」

彼が真面目な話をしはじめたので、さらにチャーリーは泣いてしまう。そんな孫の姿を見て、ブルーム伯爵様は分かりやすく落ち込んでいた。

テイラー侯爵様も思わずといった様子で近づいたが、何も出来ずにオロオロしているだけだ。

「大の大人の男たちが、揃いも揃って何をやっているのですか……」

冷たい口調のバーバラ様が、そっと私の元へと近づく。

「イザベラ。私に、その子を預けてくださいますか？」

いつも以上に泣く息子に苦慮していた私は、先ほどまでのバーバラ様にどう接したら良いのか分からないという気持ちなど忘れ、そっとチャーリーを引き渡す。

「ほら、チャーリー。お母さんたちが困っているわよ。笑ってちょうだい」

バーバラ様が孫を優しくあやす。

そんな彼女の姿を見ると、なぜだか私は涙がこみあげてきた。

誰が何をやってもダメだったチャーリーが、祖母の腕の中で泣き止んでいく。

孫に笑いかける彼女の笑みは、まるで聖母のように美しかった。

「孫を抱ける日がくるなんて……こんな幸せな日がくるなんて……」

バーバラ様は小さく呟きながら、チャーリーをあやす。

「……バーバラ様」

次第に落ち着いてきたチャーリーが、ぺたりと彼女の頬に触れた。

「ばあ……」

「……っ……」

バーバラ様の瞳に涙が浮かんだ。

「自分を守るのに必死で……あやうく失うところだった。本当に大切な何かを……」

すっかり笑顔になったチャーリーを抱きしめながら、彼女は嗚咽を漏らした。

チャーリーにつられて、アイリーン様の腕の中にいるベティちゃんも、きゃっきゃと笑いはじめる。

　子どもたちの笑顔は、周囲の大人たちへと伝播していく。愛娘を抱くアイリーン様も微笑んでいた。

「すまなかった、アイリーン」

「……お父様」

　テイラー侯爵様が、赤ん坊ごと彼女を抱き寄せる。

「お前の幸せを、私は見誤ってしまった。こんな私でも許してくれるだろうか？」

　アイリーン様にテイラー侯爵様が問いかける。

「お父様は、血の繋がらないわたしのことを疎んでいるものだとばかり――」

「そんなわけないだろう？　血が繋がらなくとも、ずっと一緒に過ごしてきたお前が、私に与えてくれた思い出は……とてもかけがえのないものだよ」

「お父様……」

　アイリーン様は泣きながら、父親の胸に飛び込んだ。ひしと抱きしめ合う父娘の様子を、ベティちゃんは嬉しそうに見つめていた。

　そうして、テイラー侯爵様がフィリップさんの方へと視線を向ける。

「フィリップ君、娘を不幸にしたら許さない」

さらに、テイラー侯爵様はウィリアム様を見やる。

「ウィリアム君、君もだ。娘を幸せにしてやってくれ」

「「はい」」

ふたりの青年は、同時に頷いた。

ブルーム伯爵様も、うんうんと首を縦に振っている。

それから、テイラー侯爵様はバーバラ様へと話しかけた。

「妻を娶ったが、君を忘れた日はなかった。イザベラ、いや、娘とともにぜひ屋敷に来てほしい。返事は今でなくて構わない」

そのまま口を閉ざした彼を見ながら、チャーリーを抱きしめたバーバラ様は涙を流し続けている。

「……ありがとう、イザベラ」

テイラー侯爵様は私に向かって、ひとことだけ告げてきた。

泣き腫らしたバーバラ様がウィリアム様に声をかける。

「ウィリアム様がイザベラを拾ったとき、まさかとは思いました。あなた様のおかげで、我が子のそばで成長を見守ることが出来ました。本当にありがとうございました」

「いいや、俺の方こそ、イザベラを産んでくださって感謝しています。母が亡くなって以来、俺の世話をしてくれたバーバラが義母になるなんて光栄です」

　ウィリアム様たちを見て、私は今の気持ちを彼女に伝えることにした。

「正直まだバーバラ様のことが母親だって実感が湧いていません。だけど小さい頃から、厳しくも優しく接してくれたバーバラ様が実はそうだと知って……その……嫌だとかそんな気持ちはなくて」

「おい、イザベラ。お前はなかなか素直になりきれていないな。単純に嬉しいと言えば良いのに」

　ウィリアム様が私に向かって告げる。

「え？」

　少しだけ胸がむずがゆかった。私は息を吸う。

「……いつか呼べるようになったら、お母様と呼ばせてください」

　私の言葉に対し、バーバラ様は嬉しそうに微笑んだ。

　そのとき、野次馬のひとりが拍手をした。それは波のように拡がっていき、いつしか喝采へと変わっていく。

「親が子や孫を想う気持ちに、貴賤（きせん）はないようだな」

　その様子を見て、ウィリアム様はぽつりと呟（つぶや）く。

貧民も平民も、貴族も皆が私たちに向かって拍手を送っていたのだった。

鳴りやまない拍手の中、素直になれずにすれ違っていた家族が歩み寄る。

「ウィリアム様、だいぶ素直になられましたね。差し出がましいかとは思いますが、ぜひイザベラに、いえ、娘に素直な気持ちをお伝えください。うまくいきますよ、おそらく」

私たちのやり取りを見ていたバーバラ様がウィリアム様に伝える。

「……おそらく」

最後の一語を拾い上げたウィリアム様の表情が硬くなるが、覚悟を決めたような真剣な顔で告げる。

「ここは人が多い……イザベラ。静かな場所で、改めてお前に伝えたいことがある」

私の顔を覗き込んできた彼の蒼く澄んだ瞳に吸い込まれてしまいそうだ。

「はい」

そうして、結婚式以上の拍手を浴びながら、私たちは駅をあとにしたのだった。

第九章　薔薇園で再び誓う

私たちは一旦、辺境の村へと戻った。

世話になった宿屋の老夫婦はバーバラ様の姿を見て感激していた。実は、このふたりこそがバーバラ様の両親だそうで、久しぶりの娘との再会に喜んでいたのだった。

つまり宿屋のご夫婦は、私の本当の祖父母で、チャーリーの曽祖父母だったのだ。

宿屋の老夫婦にはあとで事情を説明するとバーバラ様は言っていた。

私とチャーリーは次の日、ウィリアム様とともに帝都にあるブルーム伯爵家へと連れていかれることになった。

一方で、フィリップさんは村に残るという。ベティちゃんと一緒にいたいからとアイリーン様も村にしばらく滞在して、今後のことを考えるそうだ。

テイラー侯爵様は、用事を済ませたらまた戻るとアイリーン様と約束していた。

血は繋がっていないとはいえ、親子の縁が切れることがなくて本当に良かった。

翌日。村を出発し、ブルーム伯爵家へと向かった。

約一年ぶりに屋敷に顔を出した私を見て、顔見知りの使用人たちの多くが喜んでくれたので、ほっとした。

そのあと、すっかり孫に骨抜きのブルーム伯爵様とバーバラ様が、テイラー侯爵様の元へとチャーリーを連れていってしまった。

「おい、イザベラ、お前に伝えたいことがある。敷地にある薔薇園で待っていてくれ」

ウィリアム様はそう言って、部屋に引きこもってしまった。

命じられるがまま約束の地へと足を運んだ私は、ウィリアム様を待つ。

「……なんだか懐かしい。あれからもう一年以上が経つのね」

ここに来られなかったウィリアム様のことを想って、涙したあの雨の日を思い出す。

チャーリーを授かる前、ウィリアム様から伝えたいことがあると言われたが、結局待ちぼうけとなった件の場所だ。

彼にプレゼントされた、白いブラウスに紺色のスカートを合わせたツーピースドレスを今日も着ている。

あの日とは違って、今日の彼は必ず来てくれるだろう。

そうは思うものの、過去の哀しい思い出が頭をよぎって落ち着かなかった。

「大丈夫。ウィリアム様は来てくれる。分かってるわ」

そう自分に言い聞かせる。

「おい、イザベラ」

凛とした甘やかな声が、私の耳を震わせる。

「ウィリアム様」

声のする方を振り向いた。

見る者を蕩かすような笑みを浮かべた彼から爽やかな香りが届く。

「待たせただろうか？」

果たされなかった約束がやっと叶ったようで、なんだか胸が熱くなってしまう。

「いいえ」

私が首を横に振ると同時に、彼の長い指が私の髪を一房掴んだ。

「おい、イザベラ」

「はい、なんでしょうか？」

「お前に、あの日言いたかったことを伝えたい」

心臓がドキドキして落ち着かない。

顔が火照る私とは対照的に、ウィリアム様は真剣な顔をしている。

「俺はもう爵位継承の権利を放棄してしまっている。だが、おそらくお前はテイラー侯爵家の令嬢という扱いになるだろう。そうなれば今度は、お前が貴族で、俺は平民だ。仮に俺が爵位を継承したとしても、侯爵よりも身分の低い伯爵だ。昔と今とでは、立場は逆転してしまった」

いつも自信に満ち溢れているウィリアム様の声が震えていた。

「俺は結局、地位が高いことを利用して、お前を手に入れようとしていたところがある。挙句、くだらない嘘もついた。お前に手を出すだけ出して、父上に反発したものの、説得出来ずに唯々諾々と他の女性との婚約を呑んでしまった」

彼の大きな手に、私は自分の手をそっと重ねた。

「ウィリアム様は、私を捜してくださっていたのでしょう？」

「ああ。だが、街でお前に再会していなかったら、アイリーン嬢と結婚していただろう。貴族を捨てる覚悟だって、子どもがいたから強く出れたにすぎない。最初からイザベラに愛されている自信がない俺は、一緒に逃げようとは怖くて言えなかったんだ」

そう告げた彼は、歯を強く食いしばっているようだった。

「ウィリアム様と私は一緒に逃げれば良かったかもしれませんが……アイリーン様は、他の貴族を見繕われていただけだったかもしれません」

「それは、結果的にそうだというだけだろう？　俺はイザベラに相応しくない男だった。本来は、お前に求婚するのだって許されないような人間なんだ」

辛そうな声を聞くと、私までたまらなく苦しくなる。

彼の手が離れてしまう。

『――だから、お前とは結婚出来ないんだ、イザベラ』

そんな台詞がウィリアム様の口から出てくるのではないかと不安がよぎってしまう。

街で再会したあと、お前を絶対に振り向かせると言ってくれたけれど、あのときとは状況が変わってしまったのだ。

私は知らぬ間に、胸の前で両手をきつく握りしめていた。

「そんな色んなことから、逃げ続けてきた俺だが……」

私の両手は、彼の大きな両手に包み込まれる。

ウィリアム様の甘い顔がいつの間にか近くにあり、鼓動が速くなる。

薔薇が風になびき、赤い花びらがひらひらと踊り、甘やかな香りが漂った。

彼の金の髪が揺れ、零れんばかりの光が舞い散る。宝石のように美しく真摯な蒼い瞳が、私の目を覗いてくる。

そうして、弓なりの唇が蕩けるような声音で言葉を紡いだ。

「絶対にお前に相応しい男になってみせる。イザベラ、どうか俺と一緒になってほしい」

彼の言葉に胸が震える。

「……子どものことがあるからですか？」

幸せな気持ちとは裏腹に、出てきた言葉は素直でない。そんな自分に少しだけ後悔してしまう。

「チャーリーを授けてくれたことは感謝している。あの子がいるからこそ、勇気をもらえたことも確かだ。もちろん、家族皆を幸せにする。だが、チャーリーの父親であることに甘えて、お前へ想いを伝えることから逃げ出したくはない」

ウィリアム様は切望するように告げ、私の手を握る力が強くなる。

「イザベラ。小さい頃から俺は、どうしようもなく、お前を愛してしまっているんだ。どうか一生、俺のそばにいてくれ」

彼の真剣な告白を受け、視界が滲んでしまう。心に春の暖かな風が吹き抜けるようだった。

「私はウィリアム様が貴族だとか平民だとか、そんなのはどうでも良くって。その……」

一気に恥ずかしくなってしまった私は、しどろもどろになる。

「……それは、命令でしょうか？」

素直になりきれない私は、いつものように問いかけた。

不安そうだったウィリアム様の表情が和らぐ。

「イザベラ……そうだ、命令だ。ずっと俺のそばで笑っていてくれ」

クスリと笑いながら、私の様子を見て何かを悟った彼は言い直した。

うまく口が開かない。たったひとこと返すだけなのに、ひどく長い時間がかかる。

「……はい。命令なら」

「ありがとう。愛してる」

私の言葉を待ったあと、老若男女問わずに人を魅了するほどの笑みを彼は浮かべた。

そっと、私の手の甲に彼の唇が押し当てられる。

そうして、彼の顔が近づいてきたかと思うと、唇が重なった。まるで離れていた時間を埋めるかのように、長い長い時間口づけられた。

ゆっくりと、彼の唇が離れる。

「イザベラ……」

熱っぽく名を呼ばれ、吐息の熱さで溶けてしまいそうになる。

薔薇の花びらが、ウィリアム様と私の周囲をひらひらと舞い、まるで夢の中にいるようだ。

「愛してる、イザベラ」

しばらくの間、ついばむようなキスを繰り返された。

彼の長い指が、私の指の間に入り込んだ。そのまま、互いの指同士を絡ませ合う。

「なあ、イザベラ……俺にお前の本当の気持ちを教えてくれないか……？」

いつしか吐息も漏らさないほどの深い口づけへと移行していた。

熱い吐息が混ざり合う。

「あっ……ん……」

彼のキスに翻弄されてしまい、たまらず声が漏れる。

彼からもたらされる快楽の海に溺れそうな中、さやさやと雨が降りはじめた。

「こんなときに雨か……」

ウィリアム様は少しだけ不満気な声を上げる。

「仕方ない」

「きゃっ！」

私の身体はいつの間にか、彼の逞しい腕に軽々と横抱きにされてしまっていた。

「お前が風邪を引いたら大変だ。屋敷の中に戻るぞ」

二の腕に、彼の引き締まった胸板が触れる。服越しに伝わる体温が、なんだかひどく心地がよい。ウィリアム様の鼓動がすぐ近くで聞こえてきた。

「ウィリアム様、ひとりで歩けますから……！」

「俺はお前をこうしていたい」

「……ええっと……」

私は自分の顔が赤らむのを感じた。

ウィリアム様がクスリと笑う。

「お前が素直になれるまで、まだまだ時間がかかりそうだな」

ようやく一年越しに約束が果たされたのだった。

几帳面さが窺える整然とした室内に入ると、彼にゆっくりと地面に下ろされた。

最後にここを訪れたのは、ブルーム伯爵家を飛び出した日。彼のためにオムレットを作ったときだ。

「お互い濡れてしまったな」

雨の中を歩いてきたので、ウィリアム様も私も全身が濡れてしまっている。プラチナブロンドの髪から、ぽたりぽたりと雫が落ちていき、床に染みを作っていった。

「清潔なタオルを持ってきますね」

メイドをしていた頃の癖で、部屋を飛び出そうとする。

「待て、イザベラ」

そう言われ、後ろから彼に抱きしめられた。

雨に濡れて冷たくなった衣服同士がぴったりと張り付き合っているのに、彼の熱い体温が伝わり落ち着かない。

ウィリアム様の髪から落ちてきた水滴が私の頬を濡らしていく。

後ろから回された腕が伸び、扉の鍵をカチャリとかけた。

「……あの、タオルを……」

「もう必要ない」

彼の唇が私のうなじを吸いはじめる。

「んっ……」

身体がぴくんと跳ねた。顔が火照っていくのが自分でも分かる。

「あの日のやり直しをしたい。ダメだろうか？」

彼の甘い声が耳元で聞こえ、鼓膜が震えた。

ウィリアム様から海を想起させる爽やかな香りがする。

あの日とは、初めて身体を重ねた日のことだろう。もしかしたら、村の宿屋での一件も含まれているのかもしれない。

「ダメじゃ……ないです」

答えながら、恥ずかしさで卒倒しそうになる。

「イザベラ。今度は……大事にするから」

ウィリアム様の表情は見えないまま、私のブラウスの釦(ぼたん)を、彼の長い指が外していく。プチンプチンと音が鳴るたびに、心臓がどんどんうるさくなっていった。

全部外されると、しゅるりと肩から脱がされる。ふるりと乳房が顕わになった。

床に重い音を立てて、水を含んだブラウスとスカートが一緒に落ちていく。

「あ……」

臀部に密着する彼の象徴が、硬く昂(たかぶ)っていることが分かり、ますます恥ずかしくなってしまう。

下着姿になった私の肩先から、今度はしゅるりとシュミーズを落とされてしまった。

彼の視界にはショーツ一枚の私の後(うし)ろ姿が映っていることだろう。

私の首から背にかけて、彼は腰を落としていきながら口づけていく。時折、肌に痕が残るほどに強く吸われ、身体がそのたびに跳ね上がってしまった。

「……恥ずかしい」

私は思わずぎゅっと目を瞑った。

跪いた彼に下着を脱がされてしまう。

私の全身は、林檎のように紅く色づいていることだろう。

「おい、イザベラ……俺の方を向いてくれ」

生まれたままの姿になった私は、跪いた彼の方へとゆっくりと振り向く。

子どもを産んだあととはいえ、異性に、しかも好きな人に、裸をまじまじと見られるのは緊張してしまう。

「すごく綺麗だ」

大きな右手で私の右手をとると、ウィリアム様は掌にちゅっと口づける。

まるで王子のような優雅な所作に、ドキドキと胸は落ち着かない。

立ち上がった彼は、私を抱えてベッドへと移動し、整えられた清潔なリネンの上にそっと横たえる。

濡れたままの前開きのシャツと下衣を脱ぎ捨てたウィリアム様が、身体の上に乗ってくる。

彼の均整のとれた体躯や、乗馬や狩猟で鍛えた逞しい二の腕が目に入ってきて、心臓は壊れてしまいそうだった。

　私の上に跨った彼は、私の上半身に口づけを落としはじめる。

　なだらかなふたつの膨らみを柔らかな唇が這う。そのまま腹部にかけて、余すことなく口づけられる。

「んっ、ん……ウィリアム様……」

　時折、ちゅっと音が鳴り、気恥ずかしさは増すばかりだ。

　彼はそのまま、太ももから足の爪先にかけてキスをし続けていった。

　お腹の奥深くが、きゅうっと疼く。

「ん……あっ……」

「イザベラ、お前の全てが愛しい……」

　窓の外では雨の勢いが増して、ざあざあと音を立てていた。昼間だが、雨空のせいで少しだけ薄暗い。

　生憎の天気とは裏腹に、私の心は明るい青空のようだった。

　足先まで口づけられたあと、離れていった彼の身体が、また私の上半身に近づき覆いかぶさってくる。雨水に濡れてしっとりとしている互いの肌が吸い付き合った。

　逞しい胸板を通して、トクントクンと彼の鼓動が伝わってくる。

……ウィリアム様の心臓の音が速い。もしかしたら、彼も緊張しているのかもしれない。

「イザベラ、愛している。ずっとお前とこうやって抱き合いたかった」

耳元で愛を囁(ささや)かれたあと、彼の脚が私の両脚を開(ひら)いた。

「あ……っ……」

顕わになった花弁のしめやかな部分に、彼の長い中指が侵入し、くちゅりくちゅりと狭穴をゆっくりと拡げてくる。

いつもは私の頭を撫でたり髪を梳いてきたりする指が、今は赤い粘膜を弄っていた。秘する場所を触れられ、じわじわと愛蜜が溢れはじめるのが自分でも分かる。

彼の親指が、ひと際敏感な赤い芽を探し当ててきた。芯をゆっくりと弄られると、全身に快楽の波がさざ波のように襲ってきて、声が漏れる。

「……っ、んっ……んっ……」

「たまらなく、可愛らしい顔をしているな」

泉のごとく溢れた蜜が彼の指を濡らしていく。

そのまま頭の中がチカチカしてきたかと思うと、ウィリアム様の唇が、私の唇に軽く触れた。

そのとき、言いようのない初めての感覚が一気に身体の中を駆け巡っていく。

「ああっ――――！」

自分でも聞いたことのないような悩まし気な声が漏れ出ていた。

頭の先から爪先まで、瞬く間に甘い痺れが駆け抜けていく。

浅く速い呼吸を何度か繰り返す私の唇に、またウィリアム様が柔らかく口づけてくる。

「初めてお前を抱いたとき、自分のことばかりで、ひどく身勝手に抱いたことを後悔したんだ。繋がれる幸福にばかり気をとられてしまって、お前を悦ばせることが出来なかった」

彼の声音（こわね）には苦悩が滲（にじ）んでいた。そうして左手で私の髪を梳いたあと、一房手に取ると、ちゅっと口づける。

宿屋で『お前に最高の二度目を与えてやりたいんだ』と言ってくれた。彼がそれを叶えようとしてくれているのだと思うと、胸がじわりと熱くなった。

「まだ二度目だし、お前がもっと良い機会を望むのなら……夜空の綺麗な場所が良いとか、海が見える場所が良いとか……そういう希望があるなら、別の機会に続けても良いんだが」

初めてのときも、この部屋だった。あのときは、熱に浮かされたように何度も私の名前を呼んでくるウィリアム様に身体を委ねるのに必死だったのを覚えている。

「ウィリアム様、その……このお部屋だと、ウィリアム様にまるごと抱きしめられているみたいで……それに、ここにはたくさんの思い出が詰まっています」

荒い息を整えながら、私はウィリアム様の頬を両手で包み込んだ。

そうして、自分から軽く口づける。

「だから、ウィリアム様の好きなように、この場所で続きをお願いいたします」

勇気を振り絞って伝えてみたが、ウィリアム様からの返答がない。

答えを誤ったかと思って、恐る恐る彼の顔を覗き見る。

「お前は、昔から……なんでそんなことを言うんだ」

……機嫌を損ねてしまっただろうか？

ウィリアム様は顔を左手で覆っている。覗いた肌は、なぜだか真っ赤に染まっていた。

彼が珍しく照れているので、こちらまで恥ずかしくなってくる。

「お前の言葉に甘えて、俺の好きなようにイザベラを愛させてくれ」

ウィリアム様がだいぶ平静を取り戻し、私に真摯な瞳を向けてきた。

彼の熱塊が、花溝をぬるぬると動きはじめる。

「あっ、は、あ……」

互いの秘めたる場所を触れ合わせているだけなのに、言いようのない幸せと快感が走っていく。

初めて抱かれたとき、ウィリアム様が何を考えているのか分からなかったが、それでも嬉しかった。

今は、彼が昔から私のことを愛してくれているのだと知っている。あの日以上に満ち足りた思いが、身体を支配していた。

「イザベラ、お前の中に入りたい。良いだろうか？」

改めて問われた私は、ゆっくりと頷く。

そうして、口づけられたかと思うと、花芯を猛る熱杭に一気に貫かれる。

「んんっ……！」

男性の――ウィリアム様の分身たる器官を、隘路が受け入れるのは二度目だった。

みちみちと肉棒が肉壁を押し広げるようにして、私の身体の中心に向かって侵入してくる。

彼の象徴を離すまいと、肉道がぎゅうぎゅうと締めつけているのが自分でも分かった。

「あ……あ……」

彼の逞しい背に、私は必死に腕を回した。初めてのときと変わらない反応しか出来ない。

そうして私の下半身は、彼の淫茎を全て呑み込んでしまった。

彼は何も言わずに、また優しく私の髪を撫でてくる。

純潔を失ったとき以上に、幸せに包まれた。

「ウィリアム様、また繋がることが出来て、本当に嬉し――」

そのとき、ぽたりと頬に何かが落ちてきた。

そこで私の言葉は途切れてしまう。ウィリアム様の髪を濡らした雨だろうかと思って、彼を見上げる。

「……？」

サファイアのような蒼い瞳から涙が零れていた。

「すまない。もう一度、お前と繋がれたことが……なんだか、ひどく嬉しくて」

そんな彼を見ていると、自分も目頭が熱くなってくる。

オムレットを久しぶりに作ったときも彼は泣いていた。一晩限りの恋人だと言われたあの日が、ウィリアム様と身体を繋げる最初で最後だと思っていた。

それなのに、こうやってまた結ばれるなんて本当に幸せだ。背に回した指先に力を入れ、同じ気持ちであることを彼に伝える。

「久しぶりで、その、初めてのときぐらい締めつけてきているが……お前は痛くないか？」

「はい、大丈夫です」

彼がゆっくりと腰を揺らしはじめる。

じゅぶじゅぶと猛る欲棒に蜜道を擦り上げられ、気持ち良さで喘ぐ。快楽の奔流が何度も押し寄せてきた。

「あっ、んっ、あ……」

「愛してる、イザベラ」

吐息にのせて熱っぽく名前を呼んでくるだけではなく、今日は愛の言葉まである。彼の身体を受け入れながら、いまだかつて感じたことのない温かさが胸に拡がっていった。

抽送されるのと同時に、互いの肌がぶつかり吸い付き合って、ぱちゅんと音を鳴らす。

「あっ、あっ、ウィリアム様っ……あっ……」

「イザベラ……イザベラ……」

ぐちゅぐちゅと水音が立つとともに抜き挿しが激しくなり、女性の芯の部分が強く揺さぶられた。

快楽に酔ってしまった私は、必死に彼にしがみついたまま、小鳥のように囀(さえず)るだけになる。

「あっ……はっ……あっ……あっ……」

「こんなに満ち足りた気持ちになったのは……生まれて初めてだ……っ……」

投げ出された私の両脚が、がくがくと激しく揺れ動く。

同時にベッドもぎしぎしと軋んだ。白いシーツは行為の激しさで、ぐちゃぐちゃに乱れきっている。

「イザベラ、俺の全てを受け入れてくれ――」

「はいっ、あっ、あっ――あああっ――！」

激しく腰を打ちつけられると同時に、内側で熱い何かが弾けた。言いようのない快感が、またもや私を襲ってくる。

下腹部がじわじわと熱を帯びていく。繋がり合っている部分から、どろりとした温かいものが流れていくのを感じた。

肩で息をする私の頬に、ウィリアム様が何度も口づけを落とす。

「イザベラ、ありがとう。世界で一番幸せな男は誰かと聞かれたら、間違いなく俺のことだ」

初めて会ったときのように、天使のような綺麗な微笑みを彼は浮かべていた。

しばらくの間、汗でしっとりと濡れた互いの身体を黙って抱きしめ合う。

「おい、イザベラ？」

「はい、なんでしょう……？」

「疲れただろう？　よく眠ると良い」

二度目の経験で心地よい疲れに包まれた私は、こくりと頷いて、そっと彼の身体を抱き返した。

幸せそうなウィリアム様の顔を見たいのに、瞼がとろんとしてしまう。

「ずっと渡せなかったものがある。また、お前が起きたときにでも……」

なんだろうかと考えたかったが、身体は言うことを聞かない。

「おやすみ。愛している、イザベラ」

彼の甘い声音がひどく優しい子守歌のようで、その日の私は、そのまま深い眠りについたのだった。

第十章　幸せな結婚

教会から逃げ出した日から数ヶ月が経った。

「奥さん、新しく購入されたお皿、こちらに仕舞っておきますね」

一旦は帝都に戻ったウィリアム様と私だったけれど、そのあと、お世話になっていた辺境の村へと戻った。使用人時代のように黒いワンピースに白いエプロンを身につけた私は、以前のように宿屋の手伝いをしていたのだった。

まだ太陽が昇りはじめたばかりで、空気も少しだけひんやりとしている。

「イザベラちゃん、おばあちゃんと呼んでちょうだい！　あら、チャーリーちゃんったら……！」

「あ――、う――」

洗い場の近くにいた、祖母――宿屋の奥さんは、頬を膨らませながら抗議してくる。

チャーリーは、食堂にあるテーブルの脚のところで、掴まり立ちをしていたのだった。

絹のハンカチーフで手を拭き、私は生まれたときよりもずしりと重くなった息子を抱きかかえる。

「チャーリー、大きくなったわね。ママ、すごく嬉しい」

甘いミルクの香りがする子は、にっこりと私に微笑みかけてくる。

活動範囲が広がっていく息子に、私は目を離せずにいた。

子育ては相変わらず大変だけれど、我が子の成長やこういうほっこりすることもあって、幸せな気持ちになれる場面も多い。

チャーリーと私が見つめ合っていると、宿屋の奥さんが声を上げた。

「あら、イザベラちゃん！　腰を痛めた夫の代わりに宿屋を手伝ってくれるのはありがたいけれど、早く行かないと！」

ちょうどそのとき、宿屋の扉が開いた。

「イザベラ、迎えに来たよ」

「迎えに来ていただいて、ありがとうございます」

現れたのは、プラチナブロンドの髪に蒼い瞳の男性――ウィリアム様――ではなく、彼の父親であるブルーム伯爵様だった。

「さあ、行こうか」

「旦那を連れて、私もあとから向かうからね！　村の人たちにも声をかけていくから！」

宿屋の奥さんに促され、私はブルーム伯爵様とチャーリーと一緒に、準備された可愛らしい馬車に乗って出発したのだった。


馬車に揺られ、ようやく到着したのは貴族の別荘が建ち並ぶ街の外れの教会だった。

晴れ渡る天穹の下、薔薇で彩られた門扉の奥にそびえたつ教会の壁は、今日は銀灰色に輝いている。

陽に照らされ、滑らかに磨き上げられた石と、幾何学模様の窓枠に縁取られたステンドグラスがキラキラと煌めいていた。

幾重もの薔薇アーチが連なった先にある聖母を模した彫像も、どことなく微笑んでみえる。

急勾配の屋根の上にある高い尖塔は、天を仰ぎ見ていた。そこに納められた鐘楼の鐘が、重厚な音色を響かせはじめる。

「イザベラ、チャーリーの世話は私に任せなさい」

教会の奥にある控室へと通された私は、実母であるバーバラ様にチャーリーを預けた。

「ばあ」

「チャーリーったら、すっかりおばあちゃんっ子になっちゃって……」

飴色の髪を高く結い上げ、化粧を施して眼鏡をとったバーバラ様は、絵画に出てくる聖母のように美しい。女性の昼の正礼装であるアイボリーのローブ・モンタントを身にまとっていた。

バーバラ様は、あの一件から数ヶ月経った今も、まだ仕事を続けている。

彼女がチャーリーを白いクリスニング・ガウン――洗礼式用のローブに着替えさせる。まるで天使のように可愛らしい愛息と実の母親の姿に胸が熱くなる。

そんな様子を見ながら、私の準備も進んでいく。

鏡に映る自分の姿を見つめる。

ハートシェイプラインの胸元に、コルセットで締め上げられた腰には大きな白いコサージュがあしらわれている。スカート部分にフリルが段状に重ねられた純白のドレスは、まるで中世の姫君のようだとうっとりしてしまう。高く結い上げた髪には、繁栄を意味するオレンジ色の花が飾られていた。

チャーリーの支度を終え、私の姿を見てバーバラ様が微笑む。そうして、彼女はゆっくりと近づいてくる。

「イザベラ、幸せになりなさい」

「はい。バーバラさ、……お母様」

バーバラ様の目尻が少し赤くなっている気がした。

繊細で華やかな透かし模様のホニトンレースで出来たヴェールを、顔を隠すようにそっと下ろされた。

「イザベラさん、どう？　準備は出来た？」

ちょうどそのとき、長い黒髪を片側に流し、ヴェールを被った女性が現れた。

直線が強調された白いサテンで作られたスレンダードレスを着こなす彼女は、アイリーン様だ。

チャーリーと同じく白いガウンをまとったベティちゃん。彼女を抱えたテイラー侯爵様が、アイリーン様の後ろに控えていた。

「アイリーンも、イザベラも綺麗だ」

厳しそうな目元を和らげながら、彼はアイリーン様と私を見ていた。

「快晴で、今日は良い日になりそうね」

チャーリーを抱えたバーバラ様が再び微笑んだ。

「アイリーン、イザベラ。さあ行こうか。バーバラ、ベティのことも頼んだ。それでは、またあとで」

テイラー侯爵様に促され、アイリーン様と私は控室を出て、青空の下を歩く。

生い茂る緑の陰から、何かがキラリと光った。

「また記者たちが来ているな」

テイラー侯爵様は唸る。

ちらりと視線を移すと、茂みの向こうに、記者たちが何人も潜んでいるのが分かった。

「お父様、よろしいのではないですか？　暗い話題が多い中、明るい話題を提供するのも貴族の役割のひとつかもしれませんよ」

「ううむ」

「それに彼らのおかげで、醜聞として貴族にそっぽを向かれるどころか、身分問わずに祝福される素敵な合同結婚式を行うことが出来るのですもの」

アイリーン様にそう言われて、テイラー侯爵様は渋々納得したようだ。

そう、今日は、ウィリアム様と私、フィリップさんとアイリーン様、二組の合同結婚式の日。

実はあの駅での一件は、多くの人々がいたこともあり、街で話題になったのだ。

噂は帝都にまで広まり、新聞記者たちがこぞって記事をしたためた。最初は悪意のある内容も出回ったが、駅に居合わせた人々による抗議の手紙が殺到したそうだ。

そうして、我々家族の出来事は女王陛下の耳に入り、テイラー侯爵様とブルーム伯爵様は城へと呼び出された。もめごとを起こした件で叱られたり、領地領民を取り上げられたり、果ては爵位返還を要求されるのかと戦々恐々としていた。

しかし予想とは裏腹に、なぜか感謝の言葉をいただいたそうだ。

『国が沈鬱なときに、温かい話をありがとうございました』

女王陛下のひとことで、嘲るような視線を向けていた貴族たちもだんまりになった。

陛下に迎合した記者たちも、あの一件を美談のように綴りはじめたのだ。

そうして、お互いに幼い頃から所縁のある、この教会で式をやり直そうという話になった。

私は、これから晴れて夫婦となるウィリアム様の身の上へと思いを馳せる。

彼の爵位放棄の申し出は、貴族院にしっかりと受理されていた。

平民になったウィリアム様だったが、新聞で事情を知ったパブリック・スクール時代のご学友や、社交界で知り合ったご友人たちが精力的に署名活動を行った。その活動は民たちにも広がっていき、嘆願書とともに貴族院へと提出されたのだ。

そもそも世襲貴族の場合、当主が亡くなると爵位を継承することになっている。だが、ウィリアム様の場合は、当主であるブルーム伯爵様はご存命である。ウィリアム様自身は子爵の身であり、伯爵を継承する前だった。

そうして、陛下の命でウィリアム様はまた貴族の身分に戻ったのだった。

ウィリアム様は、私には意地悪だったけれど、周囲の皆には優しく、貴賤問わずに愛されていた。父親であるブルーム様以上の良い伯爵になるだろうと言われている。

「イザベラ、私も君の父親役に抜擢してもらって良かったのだろうか？」

ひょっこり現れたブルーム伯爵様に問いかけられた私は、こくりと頷く。

「ウィリアム様に私を拾って良いと言ってくださったのはブルーム伯爵様です……それにブルーム伯爵様は、もうひとりのお父様のように思っています」

「イザベラ、君には実の父上がいるだろう？」

感動していたブルーム伯爵様だったが、はっとしたかと思うと声を上ずらせた。

テイラー侯爵様の方を見れば、じっとブルーム伯爵様へと視線を向けている。

「侯爵様のことも、もうひとりのお父様だと思っています」

そう言うと、テイラー侯爵様も満面の笑みを浮かべる。

あの一件のあと、私はテイラー侯爵家の正式な令嬢として迎えられた。戸籍上、アイリーン様が私の姉となり、今では良き友人のように接している。

彼女曰く、テイラー侯爵家の残りの問題はテイラー侯爵様とバーバラ様のふたりだそうだ。周囲も子息がいないし、バーバラ様もまだ若いのだから、再婚をしたらどうかと言っている。テイラー侯爵様も熱心にバーバラ様に手紙を送っているそうだが、当の彼女がなかなか肯と頷かないそうだ。

「――皆様、そろそろでございます」

声をかけられ、私たちは荘厳な扉の前に立った。左からブルーム伯爵様、私、テイラー侯爵様、アイリーン様の順に並ぶ。

「それでは」

重厚な音を立てながら、巨大な扉が開かれる。

最初に目に入ったのは、白漆喰で塗られたアーチ状の内陣に飾られた獅子の紋章だった。

その向こう側の中央上部には十字架が掲げられており、その下に祭壇が見える。近くにある説教壇には、司祭が控えていた。

左右の壁には、色とりどりのステンドグラスと救世主が描かれた壁画。

身廊へと向かう通路の左右に設けられた座席には、親族だけでなく、使用人やお世話になった村の人たちの代表者もいた。

私たち四人は、その通路をゆっくりと進んでいく。

アーチの下の方には、正装に身を包んだ金髪青眼の青年ふたり――ウィリアム様とフィリップさんが立っていた。

ゆっくりとした歩みのあと、ふたりと合流する。

「アイラ」

「フィリップ」

アイリーン様は、数ヶ月前の結婚式とは違って大層幸せそうな笑みを浮かべ、愛する恋人の手を取った。

ふたりとも本当に嬉しそうだ。

フィリップさんについては、理由はよく分からなかったが、ブルーム伯爵様が後見人を務めると言って引かなかった。

母親似であるウィリアム様よりも、どことなくブルーム伯爵様とフィリップさんの方が背格好や姿が似ている気がするのだが、他人の空似ではないかもしれない。もしかしたら、バーバラ様が話していたブルーム伯爵様のお兄様の子どもというのは、フィリップさんの可能性がある。

ウィリアム様にも訊いてはみたが、ブルーム伯爵様とフィリップさんのふたりだけの秘密らしい。

「おい、イザベラ」

「はい、なんでしょう？」

愛する男性から名前を呼ばれ、つい、いつものように返答してしまう。

「こんなときまで考え事とは、相変わらず目が離せないやつだな」

声の主は、もちろんウィリアム様だ。

ステンドグラス越しに差し込む光が、彼のプラチナブロンドの髪を煌めかせる。サファイアのような美しい蒼い瞳は、吸い込まれるように澄んでいた。

彼が手を差し出してくる。拾ってもらったときと同じ、優しくて、私よりも大きな手。

胸の中に優しい思い出が拡がっていくようだった。

彼の手を取り身体を近づけると、海を想起させる爽やかな香りが届いた。

拾われたとき以上の幸せを胸に噛み締めながら、彼の隣を手を繋いで歩いていく。

そうして二組の男女が、祭壇の前に辿り着く。

説教壇から移動してきた司祭が祝詞を捧げ、我々に愛の誓いを問いかけてきた。

数ヶ月前の結婚式とは違い、順調に進んでいく。

「それでは、誓いの言葉の前に、ウィリアム・ブルーム様より、イザベラ・テイラー侯爵令嬢に伝えたいことがあるそうです」

「え？」

式次第とは異なる流れに周囲がざわめく。私も他の人と同じように驚いてしまう。

しかし、私の隣にいたフィリップさんとアイリーン様は、ふたりして穏やかに微笑んでいる。彼らはこうなることをどうやら知っていたようだった。

ウィリアム様の後ろには、ベティちゃんを抱えたテイラー侯爵様、チャーリーを抱えたブルーム伯爵様、そしてバーバラ様も控えている。

「おい、イザベラ」

「はい……なんでしょうか？」

状況が呑み込めずに戸惑いながらも、私はいつもの返答をした。

「イザベラ。お前にこれを」

跪いたウィリアム様は、白いテイルコートの懐から黒い箱を取り出し、私の前でゆっくりと開く。

中には、大小ふたつの金の結婚指輪が並んでいた。

その隣には、二粒のサファイアのイヤリングがキラキラと輝いている。

「一年以上も前に準備したもので申し訳ない」

その言葉は、ずっと前からウィリアム様が私に求婚したいと思ってくれていたという証明だ。

私の頬(ほほ)を自然と涙が伝っていく。

「ありがとうございます……すごく嬉しいです」

続いて彼は、淡いピンクの一輪の花を取り出した。一晩限りの恋人を務めた翌朝に送られてきたものと同じ、グラジオラスの花が彼の手にはあった。

それを見たアイリーン様がふふと笑う。

「ピンクのグラジオラスの花言葉は『ひたむきな愛』だったわね」

「へえ、ウィリアムの坊ちゃんは気障(きざ)だな」

フィリップさんが茶化す。

ふたりのやり取りを聞いて、一瞬気まずそうな顔をしたウィリアム様だったが、すぐに至極(しごく)真面目な顔に戻る。

そうして私の手を取り、掌(てのひら)にちゅっと口づけを落とした。

「前にも言ったが、俺は子どもの頃から、お前のことだけを愛している。訊かなくても分かってはいるつもりだが……お前はどうだろうか？」

大勢の人が私の返事を待って、教会はシンと静まり返っている。

……ウィリアム様はやっぱり子どもの頃から意地悪なままだわ。これじゃあ逃げられない。

私はヴェールの下で涙を拭うと、頬を赤らめながらも、まっすぐ彼を見る。

「もちろん私も……ウィリアム様のことを、愛しています」

跪くウィリアム様の蒼い瞳が湖面のように揺れる。

私の答えと同時に、わっと場内が沸いた。駅での一件のときと同じような拍手喝采が私たちを包み込む。

チャーリーも幸せそうに笑っていた。

「イザベラ」

立ち上がったウィリアム様が、私のヴェールをそっと持ち上げる。

「これからもずっとお前だけを愛している。何度だって言う。ずっと俺のそばで笑って過ごしてくれ。もう二度と、俺はお前を逃がすつもりはない」

つい、いつものように私は問いかけてしまう。

「それは命令でしょうか？」

「そうだ、命令だ」

そんな私に向かって、彼は蕩けるような笑みを浮かべる。

そうして、ゆっくりと唇同士が重なった。鳴りやまない拍手の中、触れるだけのキスを長い時間交わし合う。

子どもを授かり、一度は逃げ出した私。
それでも、幼馴染のひたむきな愛からは――逃げ出すことが出来ないようでした。

後日談

子どもを授かったあとも、幼馴染が逃がしてはくれません

皆に祝福されながら終わりを迎えた合同結婚式の数時間後。

子どもの頃の思い出話に花が咲いたウィリアム様と私は、教会の尖塔にある鐘つき場へと来ていた。

隣に立つ美青年へと視線を移す。婚礼用の白いテイルコートがキャンバスのような役割を果たして、窓辺に立つ彼の金の髪と肌を艶やかに照らしていた。

「おい、イザベラ」

「は、はい！　なんでしょう？」

綺麗な横顔に見惚れていると、突然声をかけられたので心臓がドキンと跳ねてしまう。

「ぼーっとして、どうしたんだ？」

「相変わらず眺めが良くて、その、き、綺麗だなと思いまして」

不思議そうな視線を向けられ、慌(あわ)てて両手を横に振った。

「お前の方が綺麗だ、イザベラ」

彼は老若男女を蕩かすような笑みを浮かべながら、甘やかな声音で告げてくる。

さらりとそんなことを言われると、ますます鼓動が落ち着かないではないか。

「そんなこと……きゃっ……！」

火照った顔を見られたくなくて、慌てて身体ごとひねった。同時に、慣れない高いヒールが原因で、ぐらりと身体が傾いでしまう。

だが、完全に転んでしまう前に、ウィリアム様の鍛え抜いた腕が私の腰を支えてくれた。

「階段を抱えて上がってきたのに、結局汚れてしまったな」

そう言って彼は優しく微笑む。

ドレスが汚れてしまわないようにと、ウィリアム様はここまで私を横抱きにして螺旋階段を上ってくれたのだった。一見すると細身に見える彼だが、かなり重量のあるウェディングドレスを着た私を軽々と抱えることが出来るぐらい逞しい。

「ごめんなさい、せっかくウィリアム様が準備をしてくださったウェディングドレスだったのに……」

「お前はそんなことは気にしなくて良い」

気づけば、私は背後からウィリアム様に抱きしめられてしまっていた。

鐘楼（しょうろう）が飾られたこの場所は、昼間だが薄暗い。

視界が鈍っていることもあり、彼のまとう海を連想させる爽やかな香水が強く感じられる。

「イザベラ……」

「……あっ」

名を呼ばれながら柔らかく耳を食（は）まれて、ぴくんと身体が反応してしまった。

「いったいどうなさいましたか？　ひゃっ……！」

後（うし）ろから彼の柔らかな唇にうなじを吸われてしまう。彼は答えずに、そのまま舌で首筋を舐めてきた。

「あっ……そろそろ皆が捜して……んっ……！」

ウィリアム様から離れようとするけれど、逃げ出すことが出来ない。

「イザベラ……」

「……あっ……ウィリアム様っ……ダメっ……」

ドレスの胸当ての部分を引きずり下ろされる。ふるりと顕わになった乳房に、彼の大きな手がぐにゃりと沈み込んできた。

「ひゃっ、んっ、だ、ダメですっ……こんなところで」

長くて綺麗な指がふたつの赤い実をくにくにと弄っている。

「まだ鐘を鳴らしに司祭が来る時間でもないから、多少の余裕はある。お前もほら、もうこんなに硬くなってるじゃないか？」

羞恥で頬が一気に紅潮していく。

「あっ……でも、着替えないと……ああっ……！」

胸を変形させられているうちに息が上がってきて、脚の間から下腹部にかけて、じんじん疼いてくる。

「イザベラ、もうお前を逃がすつもりはない。それに、ただでさえ我慢していたんだ。ふたりになる機会は今しかないだろう？」

「は……あ……ウィリアム……様っ……」

ウィリアム様と二度目に結ばれたあの日から今日まで、チャーリーのお世話や花嫁修業などが重なり、なかなかふたりでゆっくり過ごす時間がなかった。

彼から与えられる甘い快楽に耐えるのに必死だ。

「今日のお前は一段と綺麗だ」

ダメだと分かっているのに、彼の熱意に負けてしまいそうだ。

「ふ……う……」

執拗に責められるふたつの膨らみと尖りへの刺激に抗えない。石の床の上にずるずると膝から崩れ落ちてしまう。

四つん這いになった私の背後に、ウィリアム様が跪いた気配を感じる。

ドレスの裾をたくし上げられてしまい、彼に向かってお尻を突き出した格好になってしまった。

「塔の上も教会の一部です……神聖な場所で……ダメっ……きゃっ……！」

口ではいやいやと言いながら、期待している自分がいる。

「妻に触れて怒るような神ではないさ」

「ひゃんっ……あっ、あ、あ……」

下着を引きずり下ろされ、いつの間にか取り出された熱杭が溝の上をぬるぬると這う。

すでに彼の分身たる器官は、いきり立っていた。

「イザベラ。一刻も早く中に……お前も、もうこんな有様だ。この場で汚してしまいたい」

ウィリアム様の言うように、下の口からは大量の愛蜜が溢れ出し、雄根の先端だけでなく石床までも汚している。

言葉とは裏腹に、身体は正直に彼を求めており、私はこくりと頷（うなず）く。

「ありがとう」

「っああっ……！」

背後から蜜口に硬い猛りが侵入し、肉棒が肉壁をじゅぶりと擦り上げてくる。生々しい感触が久しぶりに襲ってきて胸が疼（うず）いた。

「締めつけが強いな……」

「は……あ……ウィリアム様っ……」

彼を逃すまいと、蜜襞がぎゅうぎゅうと硬い熱棒を締めつける。熱杭が最奥まで到達してくると、言いようのない幸福感が全身を支配してきた。

「動くぞ、イザベラ……」

汗ばんだ臀部に、湿った肌がぶつかってきては、ぱちゅんぱちゅんと音を鳴らす。

「ウィリアム様っ……」

「お前の中は最高だ……」

「あっ、あっ、あ……！」

じゅぶじゅぶと蜜池に欲棒を抜き挿しされて、ここが聖なる場所だということも忘れて喘ぐ。

ちらりと壁を見ると、繋がり合った自分たちの影が前後に揺れ動いていた。子宮が揺さぶられ、全身に甘い疼きが何度も何度も駆け巡っていく。

繋がり合った部分から、ぐちゃんぐちゃんと水音が響いた。

力が抜けて前のめりになりかけた私の背に、覆いかぶさった彼の逞しい胸板が接してくる。

「あっ、あんっ、あっ、ウィリアム様っ……あっ……も、頭、変になる……」

頭の中がちかちかと点滅してきた。

「あ、私もう……！」

「俺もだ。一緒に果ててしまおう、イザベラ……」

彼に腰をきつく引き寄せられる。猛りの先端が奥深くをひと際強くじゅぶりと蹂躙してきた。

「――ああっ……！」

まるで自分のものではないかのように、身体が弓なりに反れる。同時に頭の先から爪先まで一気に快感が駆け抜けた。

花芯を塞ぐ楔から余すことなく白濁液を捧げられる。結合部から愛し合った液がじわりと流れ落ち、石床を新たに濡らしていった。

「はあ……イザベラ……最高に良かったよ……」

ふたりして床に座り込む格好となり、疲れ切った私は彼の胸に背を預ける。

彼にぎゅっと抱きしめられると、本当に妻になったのだという実感がじわじわと湧いてきた。

「……床もドレスもこんなに汚して大丈夫でしょうか？　そもそも声が外に漏れていなかったか気になって」

「着替えるし大丈夫だろう。ちゃんと後片付けはやるさ。それに、こんなに高い位置だ。聞こえてはいないだろう。多分」

「多分ですか……!?」

心配が尽きない私に気づいているのかいないのか、ウィリアム様が甘い声音で囁いてくる。

「おい、イザベラ」

いつものような返事もままならないほど、私は心地よい疲労に包まれてしまっていた。頭だけ動かして、彼の方を見る。

「これから先、お前を愛する機会を狙い続ける情けない男になってしまいそうで……お前に嫌われやしないか、自分で心配になってきた」

「ウィリアム様なら……どんなウィリアム様でも大好きです」

切実に訴えてくる彼に、私はなんとか返事をする。

そのとき、結合部がぐちゅんと鳴った。

先ほど萎えたはずの器官が膨張していくのを、脚の間で感じてしまう。

「「あ……」」

ふたりで思わず声を上げてしまった。

「ああ、もうこれだから……もう一度だけ良いだろうか？」

少しだけ恥ずかしそうにウィリアム様が告げてくるので、こちらまで照れくさくなってしまう。

「め、命令ですか？」

「……そうだ。命令だ」

夫婦になって初めての命令で、なんだか妙に心が弾んだ。

「命令なら……！」

照れ隠しのために、いつものやり取りをふたりで交わし合った。

……彼が鎮まるまでの間、当分は逃げられなさそうだと覚悟を決める。

「愛しているよ、イザベラ」

幸せそうな声でウィリアム様が囁いてきた。

そうして結局、鐘を鳴らしに司祭が来る時刻ぎりぎりまで愛し合ったのだった。


数日後、家族総出で新婚旅行に来ていた。

最近貴族たちの間では、新婚旅行に親や使用人も連れていくのが流行っている。そのため、ブルーム伯爵一家とテイラー侯爵一家全員で、南にある海岸沿いのリゾート地に来ていた。もちろん使用人たちも一緒である。

到着したのは夕暮れどきだったので、旅行を満喫するのは明日以降だ。

木造の別荘に辿り着いたあと、ウィリアム様と私とチャーリーの三人は、あてがわれた部屋で休んでいた。

「え!?」

ウィリアム様が話す内容に、私は思わず声を上げてしまう。

「バーバラ様がテイラー侯爵様と再婚しないのは、ブルーム伯爵様のことが好きだから……ですか？」

「ああ、そうだ」

掴まり立ちをするチャーリーの近くで世話をしていたウィリアム様の突拍子もない話

に、驚きを隠すことが出来ない。

「そんな、まさか……」

テイラー侯爵夫人が亡くなってまだ一年しか経っていないから、バーバラ様とテイラー侯爵様は再婚していないだけだと思っていた。だが喪が明けて以降も、テイラー侯爵様の熱心な求めに対し、バーバラ様は頷かないようなのだ。ちなみに彼女は、使用人の代表として旅行に同行している。

「どうして、そんな話に？」

「お喋りな執事見習いが話してたんだよ。バーバラと父上が、深刻そうに密談していたって」

「お喋りな執事見習い？」

ウィリアム様が少しだけ棘のある言い回しをしたような気がする。

「お前も知っているやつだ。メイド時代に、よく話していただろう？」

「ああ、ジョンのことですか？」

メイド時代に頻繁に話しかけてきていた青年だ。そばかすが特徴で、よく喋る。いち早く、ウィリアム様とアイリーン様の婚約が決まったと教えてきたのもジョンだった。

不機嫌そうにウィリアム様が瞼を伏せた。

「ああ、『辺境の街でイザベラを見た』と言ってきたのもジョンだった。半信半疑で街を歩いていたら、本当にお前がいたわけだし、感謝しないといけないんだが……」

彼の歯切れが悪くなった。

そんな父親に反して、一生懸命掴まり立ちをするチャーリーの機嫌は良かった。父親の金の髪を嬉しそうにぺちぺちと叩いている。

「チャーリー、元気な子に育つんだぞ。母さんを大事にする子になってくれ」

そう言ってウィリアム様は立ち上がり、息子に高い高いをしはじめた。

すっかり父親業が板についている彼を微笑ましく思う。離れていた時間など嘘のように幸せそうな父子を見て、私は内心ほっとする。

和やかなムードに室内が包まれている最中、ふと窓から外を眺めた。

すると話題のブルーム伯爵様とバーバラ様が、風になびく白いシーツの前で談笑しているのが見えた。

生真面目で堅物な彼女にしては珍しく、柔和な笑みを浮かべている。

噂を聞いたせいで、その姿がバーバラ様がブルーム伯爵様に恋をしているように見えてしまう。

ちょうど、にわか雨が降りはじめた。

慌(あわ)ててシーツを取り込むバーバラ様をブルーム伯爵様が手伝う。

あと一枚で最後というとき、彼女の身体が傾(かし)いだ。

「あ……！」

私が思わず声を上げた瞬間、ブルーム伯爵様が彼女を支えた。

「テイラー侯爵が見ているな」

隣の部屋に用意されたゆりかごにチャーリーを寝かせてきたウィリアム様が、私に向かって話しかけてきた。

彼の視線を辿ると、ふたりの遥か後方、玄関先にはひとりの男――テイラー侯爵様の姿があった。元恋人と現在の主(あるじ)の様子を見て、衝撃を受けているようだ。

「バーバラはまだ若い。父上も母上を亡くして数年間、特定の恋人もいない。親たちは親たちで好きにさせた方が良いんじゃないか？　それよりも……」

そっと私の唇に、ウィリアム様の唇が重なってきた。

「あっ……」

「チャーリーが眠ったことだし……」

熱っぽい眼差しのウィリアム様に横抱きにされる。

夫になった彼の横顔に思わず見惚れ、衣服越しに逞(たくま)しい胸板が触れてきてドキドキしてしまう。

「だいぶ外は暗くなってきていますが……あまり早くチャーリーを寝かせたら、夜中に起きないでしょうか？」

「汽車と馬車を乗り継いで、長時間移動したんだ。ただでさえ疲れているうえに、さっきまで俺と一緒にたくさん遊んだし、今日は起きないさ」

私の身体はベッドの上に横たえられた。

ウィリアム様は、白シャツの一番上の釦を外す。彼の骨ばった鎖骨が見えて、私の心臓がドキンと跳ねた。

「そういえば、夕食を食べさせていません。お腹を空かせて起きるんじゃ？」

「お前が準備していたプティングを食べさせてある」

プティングは、荷物の整理をする前に私が作っておいたものだった。ちらりと机を見ると、空になったお皿と匙が置かれている。

……ウィリアム様、用意周到だわ。

ギシリと音が鳴り、彼に視線を戻すと、いつの間にか身体の上に跨ってきているではないか。

「イザベラ、お前に触れたかった」

長くて綺麗な指が私の首元に伸びてきた。詰まった襟から胸元にかけて装飾された金色の釦を、彼の指がひとつずつ、ゆっくりと外していく。

そうして顕わになった肌へと、彼の顔が埋まってくる。

「んっ……」

首筋を吸われ、身体がぴくんと跳ね上がった。

首筋に沿ってウィリアム様の唇が柔らかく這ってくると同時に、鎖骨を何度も指でなぞられた。

下着類をぐいと乳房の上へとたくし上げられて、ふるりと両方の乳房が現れる。

「あっ……」

「俺に見られただけで、もう硬くなってしまっているじゃないか」

頬が赤らむのを感じて、慌てて肌を隠そうとしたが、彼に制止された。

「お前に意地悪を言いたかったわけじゃないんだ。ただ可愛いなと思っただけで」

ウィリアム様の顔が真っ赤に染まっている。

彼は咳払いをしたあと、元の真剣な表情に戻った。

「イザベラ。お前の全てが愛おしい」

こんなにも求められているのかと思うと、胸が疼く。

何度か頬(ほほ)を撫でられたあと、口づけられた。くちゅくちゅと音を鳴らして舌同士を絡ませている間に、尖りきった赤い果実をくにくにと弄られる。時折きゅっと摘まれ、伸ばされてしまう。

「あ……んんっ……あ……」

キスの合間に、懊悩(おうのう)な声が漏れ出る。

「イザベラ……」

彼の唇が今度は赤い実をちゅぱちゅぱと吸いはじめる。

「あっ、んっ、んんっ……！」

淫らな吸い方をされて、恥ずかしくてしょうがない。

ひとしきり口の中で乳首を転がされたあと、スカートをたくし上げられる。彼の指が下着の溝をゆっくりと撫ではじめた。

「あっ、触っちゃダメです、ウィリアム様っ……あっ……」

「愛撫だけで、もうぐちゃぐちゃだな」

羞恥で、彼の瞳を見ることが出来ない。

ウィリアム様に言われた通り、私の下着はとろとろに濡れてしまっていた。そのまま布地の奥へと指が侵入しようとしてくる。

――コンコン。

そのとき突然、ノック音が聞こえた。

「あ、ウィリアム様、出ないと……私たちの夕食かも……？」

だが、彼は何も答えてはくれない。それどころか、指を下着の中に潜り込ませようとしてくる。

「きゃっ！」

「寝たふりをしよう」

「え？　寝たふりですか？」

さすがに無理があると思うのだが、ウィリアム様の指は先へ先へと進もうとしてくる。

だが、残念ながら、ドアを叩く音は大きくなっていった。

「おい、ウィリアムの坊ちゃん、イザベラさん、中にいるんだろう？」

フィリップさんが扉の外にいるようだ。

「坊ちゃんたち！」

遠くから聞こえる声に、応えるべきかどうか迷う。

「ウィリアム様、どうしま――」

「徹底無視だ」

彼は即答した。

だが、外からの声は大きくなる一方だ。

「坊ちゃん、イザベラさんといちゃつきたいのは分かるが……服を着てないんなら、着替えて出てきてくれ」

……服は着ているが図星だったため、恥ずかしくなってくる。

フィリップさんがなかなか引かないので、業を煮やしたウィリアム様がついに重い腰を上げた。

「おい、イザベラ。肌を隠しておけ」

声のする方に向かった夫は少しだけ扉を開けて、自分よりも長身の青年を睨みつける。

「くだらない話だったら、ただじゃおかないぞ」

「イザベラさんのドレスを貸してくれ」

イライラした口調のウィリアム様に対して、フィリップさんが真面目な顔で告げた。

「は？　アイリーン嬢に借りろ。もしくは使用人に頼め。人の妻のドレスを借りようとするな」

眦を吊り上げたウィリアム様が、今までに聞いたことがないような低い声を出した。

閉まろうとする扉にフィリップさんが手をかける。

「待ってくれよ、坊ちゃん。そのアイラのドレスが汚れたんだよ。それに、使用人たちと荷物を乗せた馬車が遅れてるんだ」

彼の話を聞いて、わざわざバーバラ様がシーツを取り込んでいたことに合点がいった。

乱れたドレスを整えた私は、ウィリアム様の隣に立つ。

フィリップさんが手を合わせて、私を拝んでくる。

「アイラの着替えがないんだ。イザベラさん、頼む。貸してくれ」

「そういう理由なら」

「イザベラさん、ありがとう」

そうして、アイリーン様にドレスを貸し出すことにした。

私にとっても最後のドレスだったが、一応、別の服――メイド時代の制服がある。

「やれやれ、嵐は去ったか」

フィリップさんを見送ったあと、ウィリアム様が私の髪に口づけてくる。

子どもの頃から繰り返される仕草が、今はやけに艶っぽく感じられた。

「イザベラ、続きを……」

ウィリアム様の言葉を皮切りに、私たちは口づけを交わす。くちゅくちゅと水音を立てながら深まっていく。彼の手が私のうなじを掴んで、さらに唇を押し当てられる。

「イザベラ。もっと俺に、お前の愛らしい顔を見せてくれ」

「……ウィリアム様っ……」

秘め事が再開する。

――コンコンコンコン。

また扉が音を立てた。

めげないウィリアム様はキスを続行しようとしたのだが、またもやノック音は鳴りやまない。

不機嫌になった彼が扉を勢い良く開ける。

「フィリップ！　今度はなんだ⁉」

だが、そこに立っていたのは、赤毛の髪に頬にそばかすのある執事見習いのジョンだった。腕の中に大きな瓶を抱えている。

「大変なんです！　ウィリアム様！　イザベラ！」

彼は叫んだ。

「テイラー侯爵が失踪したみたいなんです！」

「は？　テイラー侯爵が失踪？」

ウィリアム様が、瞳を真ん丸に見開いた。新婚旅行に相応しくない単語の出現に、明らかに困惑している。

娘ふたりと孫ふたりと仲良くなる絶好の機会だと、テイラー侯爵様が楽しそうに話していた記憶が私にはあった。

「どういうことなの？　ジョン、詳しく教えてくれる？」

私が声をかけると、彼は嬉々として話しはじめる。

「イザベラ。それが、見ちゃったんだよ」

「何を？」

「夕方に雨が降っただろう？　そのときにブルーム伯爵がバーバラ様を抱きしめていたんだ。それをテイラー侯爵が遠目に見ていて、愕然としていたわけだ」

一連の流れを、夕暮れどきに我々もちょうど目にしていた。

「デジャブかと思ったよ！　ウィリアム様とアイリーン様のことを思い出したんだ。懐かしいよな、イザベラ！　それにまさかバーバラ様が、ブルーム伯爵と懇意だなんてさ」

ジョンが嬉々として話しているのは、薔薇園（ばらえん）での果たされなかった約束の日のことだ。

雨の中躓（つまず）いたアイリーン様をウィリアム様が支えたことがあった。一方で、転んで泥だらけになった私にはジョンが声をかけてきていた。

今にして思えば、あのときアイリーン様のお腹にはベティちゃんがいたはずだから、ウィリアム様は赤ん坊の命を守ったことになる。

そう考えたら、悪い思い出ではない気がした。

「父上も、たまたまバーバラが転びかけたところを支えただけだろう」

バツが悪そうなウィリアム様を尻目に、高揚したジョンの話は止まらない。

「この話にはまだ続きがあるんですよ！　なんと、あのあと、バーバラ様に対してテイラー侯爵が話しかけたんです。だけど、彼女は首を横に振っちゃったんです……あれはテイラー侯爵の熱い愛の告白を断っていたところだったんですよ、絶対！」

「首を横に振ったぐらいで、愛の告白を断っていることにはならないような？」

「さらに！　続きがあるんです。テイラー侯爵の部屋の掃除に僕が行くことになったんですよ。そうしたら、な、なんと『捜さないでください』って書いてある手紙が机の上に置いてあったんです!!」

もともと噂好きのジョンは、まくし立てるように喋り続ける。

「これまたデジャブですよ！　イザベラが失踪した頃のウィリアム様を思い出しました。当時、憔悴したウィリアム様を見た使用人たちの間では『ついにイザベラに失恋した』とか『手を出そうとしたけど失敗して、それに嫌気が差したイザベラが逃げたに違いない』という話題で持ち切りだったんです。そうしたら、メイドたちがこぞって毎晩ウィリアム様の部屋に――」

「ジョン、主の秘密を守れない使用人は不要。それ以上喋ったら、解雇だ」

ウィリアム様が話を遮った。

冷たい声音を聞き、ジョンはぶるぶると震えはじめる。まるで極寒の地にでも立ったかのようだ。彼は、即座にその場でウィリアム様に土下座した。

「……ジョン、昔からお前はお喋りだし、それが個性のひとつでもある。お前のおかげで、イザベラと再会出来たのも事実だ。だから、イザベラに心配をかけるようなことを言わないのなら、もう気にはしない」

ウィリアム様は嘆息する。

「ありがとうございます、ウィリアム様！　あ、イザベラ。これは、お前とチャーリー様の栄養補給にでも！」

ジョンは大きなミルク瓶を、ぐいっと私に押しつけてきた。

「ひっ……それじゃあ失礼します」

何かに怯えたジョンは、その場を足早に去っていった。

さらりとした金の髪をかきあげながら、ウィリアム様がため息をつく。

「騒々しくて図々しいやつらばかりだ。だからこそ、落ち着いているイザベラと一緒にいたら、俺の心が安らぐのかもしれないな」

老若男女（ろうにゃくなんにょ）問わずに全てを蕩かすような彼の笑顔に、思わず心臓がドキンと跳ねる。

同時に、うっかり瓶を落としかけ、慌（あわ）ててしゃがみ込む。するともともと緩かったのか、コルクがきゅぽんと外れてしまう。

「あ！」

――パシャンッ！

ミルク瓶の中身が零れ、私は全身が牛乳まみれになってしまった。

「……ベタベタします」

座り込んだ私と同じ目線になるように、ウィリアム様が腰を落とす。

「相変わらず、お前は俺がいてもこうだな。しっかりしているのかドジなのか、いまだに判然としない……ああ、このミルク、美味（うま）そうだな」

「え？　あぁ、はい、確かに美味（おい）しそうですよね……ウィリアム様？」

彼が私の頬（ほほ）をぺろりと舐めてくる。

「ひゃっ……!?」

彼が言ったミルクは瓶のものではなく、私を白く汚している方だった。首筋に口づけられたかと思うと吸われる。

「あっ……ウィリアム様っ……着替えて、テイラー侯爵様を捜しに……んんっ……！」

「イザベラ、俺にお前を堪能させてくれ」

そのまま床へと押し倒された。

「テイラー侯爵の失踪は、きっとジョンの妄言だ。そんなにお前が心配なら、終わってから捜しに行く」

……本当にテイラー侯爵様の失踪はジョンの妄言なのだろうか？

私は考えようとするが、まるで動物のように彼が求めてくるため、思考がままならなくなる。

今度こそ私を逃すまいと、ウィリアム様が腕の中に閉じ込めてきた。厚い舌が、唇の中に割り入ってくる。そのまま、ぴちゃぴちゃと翻弄させられる。

「んんっ……」

「甘いな」

私の肌に零れたミルクを、彼がぺろぺろと舐め取っていく。首筋から胸元までを柔らかな唇に吸われ続けていたが、ふと離れる。

「あ……」

なんだか悲しくなってしまった私に、ウィリアム様が気づいた。

「イザベラ、そんな物欲しそうな目で見られたら、俺も止まれない」

「……っ」

彼に指先を咥えられた。

かと思うと、彼の舌がくちゅくちゅと愛撫してくる。

ぴくんぴくんと身体が跳ねてしまった。指のミルクを舐め取られているだけなのに、下半身が疼き、愛蜜がじわりと漏れ出ていくのが自分でも分かる。ただでさえ濡れてしまっていた下着は、見るに堪えない状態になっているに違いない。

私の指を咥え込んでいる美青年の、長くて綺麗な金の睫毛がふるりと震えた。

時折、ちゅっと指を吸い上げる音が聞こえ、私は恥ずかしくてたまらない。

「あっ……んっ……んんっ……」

全ての指への愛撫が終わった頃には、私の息は完全に上がってしまっていた。

少しだけ開いてしまった口元に、彼の長い指が触れてくる。

「イザベラ、俺も指にミルクがかかったようだ。お前も舐めてくれないか？」

縋るような瞳で訴えられ、彼に言われるがままに口を開いてしまう。

舌の上をウィリアム様の指が這いずりはじめた。

「ウィリアム様っ……あっ……」

「指を動かしているだけだが、口の中までも感度が高いな。ああ、ほら、イザベラ。ちゃんと舐めてくれ」

だんだんと自分から彼の指の動きに応じるようになってしまう。

「あっ、んっ……」

指が離れたと思いきや、彼の両手で頬(ほほ)を包まれた。

「指も良いが、やはりこちらだな」

そう言うと、彼の唇が唇に柔らかく重なった。ぺろりと舐められて、ぴくんと反応してしまう。

「イザベラ……」

名前を呼ばれると、彼の舌が口の中に入り込んできて、くちゅくちゅとかき回してきた。

「あっ……んっ……っ……」

やけに熱い。

「イザベラ、ベッドに運ぶぞ」

私を抱(かか)え直した彼は、再びベッドへ向かおうとする。

ふと、ジョンのひとことが脳裏をかすめた。

『メイドたちがこぞって毎晩ウィリアム様の部屋に――』

ウィリアム様は、昔からずっと私のことが好きだったと言ってくれた。

それでも胸がざわつく。私が死んだかもしれないと思い込んでいたウィリアム様が、他のメイドと何かあったとしても……自分が、とやかく言える立場ではない。

どんどん悪い考えが芽生えてくるが、慌てて心の中で首を横に振った。

彼にベッドの上に寝かされると、熱っぽく唇を求められる。

……私が屋敷を飛び出したあとは、アイリーン様とウィリアム様は婚約関係にあった。不実なことをする男性ではないとは分かっている。それにウィリアム様は、ずっと私を捜してくれていた。

けれども、不安な気持ちは増していく。

「イザベラ、愛して――」

「ごめんなさい……」

愛の言葉を囁きかけた彼の唇を、そっと手で覆い遮った。

ウィリアム様の蒼い瞳が湖面のように揺れ動く。

「……すまない。自分の欲望をお前にぶつけすぎたな」

私たちの間に、気まずい雰囲気が流れる。

――コンコンコン。

そのとき、またもノック音が響いた。

「俺が出る」

……身体に感じていた彼の重みがふっと軽くなり、もどかしさが胸を襲ってくるが、こんな気持ちじゃ……

ウィリアム様のあとに続いて、私も扉の方へ行く。

扉の向こうに立っていたのは、アイリーン様だった。隣には、ベティちゃんを抱えたフィリップさんもいる。

「もう夜なのに、ごめんなさい……お父様が別荘のどこにもいないのよ。ブルーム伯爵もバーバラも心当たりがないと言っていて……」

「え？」

アイリーン様はさらに続ける。

「それで使用人たちに訊いたら、別荘を出ていくお父様を見たそうなの」

彼女はテイラー侯爵様の行き先が気になっているようだ。

「イザベラ、心当たりはない？」

「いいえ、……力になれず、ごめんなさい。こんな夜に、どこに行かれてしまったのでしょうか？」

「ううん、こちらこそ急に申し訳ないわ。お父様を捜しに行きたいけれど、今日は馬車酔いしたからか体調が良くなくて……それにしても、ふたりともどうしたの？」

我々の微妙な空気感に気づいたようで、アイリーン様たちは怪訝な瞳を向けている。

そのとき、何か閃いたように、彼女は人差し指をぴんと立てた。

「チャーリーちゃんは見ておくから、ウィリアム様とイザベラ、ふたりでお父様を捜しに行ってくださらない？」

「確かに妙案だな。ウィリアムの坊ちゃん、頼む」

懇願するフィリップさんに、ウィリアム様が返す。

「フィリップ、お前が行けば良いだろう？」

「オレは、アイラの親父さんとは、まだ――」

「私、行きます！」

先ほどの重苦しい雰囲気を打破したくて、私は思わず声を張り上げた。

御者（ぎょしゃ）がテイラー侯爵様を海沿いまで送ったという貴重な情報を手掛かりに、馬車で同じ場所まで送ってもらった。

数十分かけて着いたその場所は何もなく、テイラー侯爵様の姿も見えない。

夜の海岸沿いは薄暗く、波が浜に寄せては返す音が聞こえる。潮の優しい香りが鼻腔をついてきた。

砂浜を挟んで陸に建ち並ぶ木造の店は、夜だというのに煌々と輝き、人々の談笑や歓声が飛び交い、酒の匂いや人の熱気が伝わってくる。

私たち夫婦はなんとなく気まずい状態のまま、店が連なる方へ彷徨い歩く。

「……おい、イザベラ」

馬車の中から今まで、ほとんど会話がなかったが、ついにウィリアム様が口を開いた。

「……はい、なんでしょうか？」

「やっぱりテイラー侯爵は、単純にひとりで酒を飲みたいだけなんじゃないのか？」

少しだけ私と物理的な距離がある。

「ジョンが手紙を見たと言っていましたし、アイリーン様も心配しているようですから、出来る限り捜した方が良いのではないでしょうか？」

「使用人に任せても良かっただろう？　そもそも、テイラー侯爵の失踪に関係がありそうな父上やバーバラを一緒に連れてきた方が良かったはずだ」

ウィリアム様は私の格好をちらりと見て、続ける。

「それにお前に至っては、使用人の頃の服装だぞ」

私は苦笑いを返した。

そう。今の私は黒いワンピースに白いエプロン――メイド服姿。

このリゾート地は南にあり、春先とはいえ少しだけ気温が高い。そのため何か羽織ると暑くて倒れてしまいそうだったので、この服装で来てしまったのだ。

周りの人からは、貴族とメイドの男女が夜の観光街を闊歩しているように見えているだろう。人々の好奇の視線に晒されて、少しだけ後悔する。

捜索を続けるが、テイラー侯爵様らしき人影は見えない。気づけば店が途切れる場所まで来ていた。

「ひと通り遠目に店の中を覗いたが、テイラー侯爵の姿は見当たらなかったな。『屋敷の中の手掛かりは捜しておく』とフィリップたちは言っていたが、情報が少なすぎる。出てくる前に訊けば良かったな」

「そうですね」

なんとなくぎくしゃくしたままの彼の態度に、私もそっけなく返事をしてしまう。

そのとき突然、ウィリアム様が立ち止まった。

「ウィリアム様？」

「お前が今、悩んでいることはなんだ？」

ウィリアム様が続ける。

「お前が屋敷を出ていった頃のように、何も言わずにすれ違うようなことはもうしたくない。先ほどから、どこかよそよそしい態度に俺も大人げない反応をしてしまった。すまない」

真摯な眼差しを向けられ、私は視線を逸らせない。

ジョンの話——夜、ウィリアム様の元にメイドたちが押しかけていた、という話が気がかりだということを素直に告げようとする。

「おいおい、こんなところでメイドなんか侍らせて、良いご身分だな、貴族様は」

「きゃっ！」

いつの間に近づいてきていたのだろうか。酒瓶を持った髭面のでっぷりとした男に、私は腕を掴まれた。

「典型的な酔っ払いが……気安く俺の妻に触るな」

ウィリアム様が、すぐさま男の腕をねじり上げる。その瞬間、私は解放された。

「ぐっ……！」

悔しそうに男がウィリアム様の手を払い、我々から距離をとって喚き散らす。

「使用人を妻にするとは変わった趣味を持つ貴族様だ。しかも、わざわざメイドの格好をさせたまま街を歩くなんて、お気楽で羨ましい限りだよ！　……おれなんか女房に逃げられたばっかりだってのに」

強気だった男の声が上ずっていったかと思うと、さめざめと泣きはじめた。

「おれは、おれは、若い頃からずっとこうだ。昔、黒豹のような貴族様に絡んで、今みたいな目に遭った。あの頃から、おれはずっと成長出来ていない。嫁にも愛想をつかされるわけだ」

見知らぬ彼をそのまま置いていっても良かったのだが、なんとなく気にかかった。近くの酒場でコップに水を入れてもらって、それを男に差し出す。

「はい、どうぞこちらを」

水を飲み干した男は、少し落ち着いたようだった。

「ありがとう、メイドのお嬢ちゃん。さすが貴族様の心を射止めるだけはある。教会にある絵画の聖母様や天使に見えてきたよ。優しさを持った貴重な女性だ。昔、おれを介抱してくれた聖母様によく似ている。彼女に振られたおかげで、嫁さんと出会えたんだがな」

酔っ払いは自分語りをしながら、私を褒めてきた。

「すまないが、もしかして地元の者だろうか？」

男と私の間にウィリアム様が割り込んでくる。

「ああ、そうだ」

「我々は人を捜しているんだ。捜し人に詳しい人物はいないだろうか？」

「だったら、あの酒場に訊いてみたら良い。あそこの店主は、色んな情報を仕入れるのが速いからな」

「恩に着る。さあ、イザベラ、行くぞ。先ほどの話の続きはまたあとで」

ウィリアム様はそう告げ、男と別れた私たちは酒場へと向かう。

「……人が多いな」

酒場に入るなり、ウィリアム様が眉をひそめる。

店の中は多くの客たちでひしめき合っていた。食べ物や酒の匂いがまざり、人々の熱気もすごくて蒸し暑い。彼らの賑やかな声は夜とは思えないくらいに大きく、耳が痛かった。

「さて、店主はどこにいる？」

いくつかある丸テーブルの脇を通り抜け、私たちはカウンターへと向かう。

「すまない、酒以外の飲み物を二杯、頼む」

ウィリアム様はスーツの懐からチップを取り出すと、そっとテーブルの上に置いた。

硬貨をちらりと一瞥した店員は、私たちに果汁を搾ったジュースを作る。

「こちらに地元の情報通がいると聞いた。今、俺たちはある人を捜しているんだ。チップは弾むから、良ければ教えてもらいたい」

ウィリアム様はカウンターの上に銀貨を追加した。

目の前の男性がぽつりぽつりと話しはじめる。

「そいつは儂のことだろう。それで、貴族様は誰をお捜しなんだ？」

「話が早いな。黒髪黒髭の貴族を捜している。そうだな、厳格そうな見た目をしていて――」

「だったら、銀貨は受け取れません。目的の人物は、あなた方の背後にいらっしゃいますので」

店員は言葉を遮ると同時に、すっと硬貨を返した。

その言葉に、私たちは勢い良く振り返る。

そこには、黙々と酒を呷るゴードン・テイラー侯爵様がいたのだった。

「テイラー侯爵様」

私が声をかけると、赤ら顔の彼は目を真ん丸にしていた。娘が酒場に現れたうえに、使用人の姿をしていることに驚きを隠せないようだ。

「イザベラ？　どうして、こんなところに？　若い頃のバーバラが来たのかと思ったよ」

グラスを持ったまま、彼はふっと俯く。

どう声をかければ良いか分からずに私が戸惑っていると、隣に立つウィリアム様が口を開いた。

「テイラー侯爵、行き先も告げずに出ていかれたので、皆が心配しています。さあ、別荘に戻りましょう」

「……それは出来ない。それに、ウィリアム君。今は君の顔も見たくないんだ」

「俺も……ですか？」

予想外のテイラー侯爵様の発言に、ウィリアム様と私は顔を見合わせる。

「テイラー侯爵様、それはいったいどういうことでしょうか？」

「アイリーンは、フィリップ君のいる村に身を寄せるという。せっかく娘だと分かったイザベラも、ウィリアム君の元にすぐに嫁いでしまった。屋敷に来ないかと何度も手紙を送っているバーバラに至っては、『ブルーム伯爵家にとどまりたい』と言っている。

めげずに昔の約束の話を持ちかけたが、首を横に振られたよ」

テイラー侯爵様が力なく続けた。

「この旅行が終わったら、いよいよ私は屋敷にひとりだ。それならば、もう今から孤独に耐えようと思っている……う……う……」

テイラー侯爵様は泣き上戸なのだろうか。壮年の男がテーブルに突っ伏して涙を流す様子が、少しだけ哀れだ。

「そんな悲しいこと仰らないでください。テイラー侯爵、とりあえず帰りませんか？」

「ウィリアム君、イザベラを嫁にする君に、私の気持ちが分かるのかね？　朝まで別荘には帰らないぞ。どうしても別荘に戻ってほしいというのなら、ウィリアム君！　私と酒の飲み比べだ!!」

ウィリアム様の声かけが、火に油を注ぐことになってしまった。

どうやらテイラー侯爵様は、酔いが回りすぎているようだ。

「いえ、それは」

「なんだね、義理の父とは酒が飲めないと言うのかね？」

テイラー侯爵様は、おいおいと泣きはじめる。

「どうしましょうか、ウィリアム様……」

戸惑いながらウィリアム様の方を見ると、いつもは優しい彼だが、今は少し冷めた目で義父を見ていた。

テイラー侯爵様がぽつりぽつりと再び話しはじめる。

「私は……義父と酒も飲めないような冷たい男のところに、娘を嫁がせてしまったのだろうか？」

立ち去ろうとしていたウィリアム様の脚が止まった。

さらに、テイラー侯爵様は続ける。

「イザベラまで冷たい扱いを受けないだろうか？　あぁ、私はイザベラのことが心配だ……」

ウィリアム様はため息をついたあと、テイラー侯爵様の隣に座る。

「飲ませてもらいます」

爛爛（らんらん）とした瞳のテイラー侯爵様とは対照的に、ウィリアム様は暗い海のような瞳で私の方を見る。

「……すまない、イザベラ。何かあったら、テイラー侯爵と俺のことを頼んだ」

沈鬱（ちんうつ）な彼の表情に一抹の不安がよぎる。

ふと、先ほどウィリアム様が酒ではなく、あえてジュースを頼んでいたことを思い出した。

――まさか！

慌てて私は叫んだ。

「待ってください、ウィリアム様！　お酒なら私が……！」

だが、一歩遅かった。

ウィリアム様はグラスに注がれた度数の高い酒をぐいっと一気に飲み干してしまったのだ。

そんな姿さえ彫像のように美しい。先ほどからこちらをちらちら見ていた客たちも彼の姿に見惚れている。

「飲みました」

ウィリアム様が優雅な所作でグラスをテーブルの上に置くと、中に入っていた氷がカランと音を立てた。

彼の顔が真っ赤になったり、気持ち悪そうにしたりといったおかしな様子は特にない。お酒に強くないのではと心配していたが、杞憂だったようだ。

「ゴードン」

ほっと胸を撫でおろしていると、女性の声が酒場に響いた。

振り向くと、そこにはメイド服姿の美しい女性――バーバラ様が立っているではないか。眼鏡を外したその姿は、まるで絵画に出てくる聖母のたたずまいをしていた。

椅子から立ち上がったテイラー侯爵様の元へと、彼女は近づく。

「ゴードン、お酒に弱いあなたが酒場に来ているなんて。皆、心配して捜しています。さあ、帰りましょう。せっかくの子どもたちの新婚旅行です」

「……バーバラ。私は君と一緒に帰ることは出来ない」

無表情に近い彼女の眉尻(まゆじり)が少しだけ下がる。

「どうしてでしょうか?」

「……」

テイラー侯爵様は無言を貫く。

「他家の家政婦長の分際で、申し訳ございませんでした。それでは、失礼いたします」

無表情のバーバラ様が踵(きびす)を返す。

すると、テイラー侯爵様がおいおいと再び涙を流しはじめる。

「やはり君は、もう私のことなど、どうでも良いのだ。なあ、バーバラ、私に引導を渡してほしい。ずっとそばにいたブルーム伯爵のことを、君は愛してしまったんだろう?」

「私がブルーム伯爵様を？　どうしてそのような考えに?」

彼女が振り返ると、テイラー侯爵様の涙がぴたりと止まった。

……バーバラ様が少しだけ面倒くさそうな顔をしているように見えるのは気のせいだろうか。

きりりと表情を整えた彼女は告げる。

「私は、この思い出の地であなたが約束を果たしてくださることを祈っております。それでは」

「バーバラ！」

それを聞いたテイラー侯爵様は歓喜しているが、私たちにはなんのことか全く見当もつかない。

彼女はそのまま出口の方へと向かっていく。

だが、ちょうど立ち去ろうとしたバーバラ様が、ドンッと誰かにぶつかった。

「あなたは……あのときの聖母様じゃないか!!　それに、髭が生えているが間違いない……黒豹のような鋭い瞳。あなたはあのときの貴族様！」

彼女にぶつかったのは、なんと先ほどで介抱した酔っぱらった男だった。

ウィリアム様がぽつりと呟く。

「……世間は狭いな」

酔っぱらいはバーバラ様に縋りつくと、涙を流しはじめる。

「これは、神の思し召しだ！　憧れのあなた様に出会えるなんて！」

無表情のままだが、どことなくめんどくさそうなバーバラ様は、ふっとため息をついた。

テイラー侯爵様が酔っ払いに絡みはじめる。

「待て、貴様！　バーバラから離れないか！」

泣き上戸のふたりが、やいのやいのしはじめたのを見て、ウィリアム様がため息をつく。

「おい、イザベラ。テイラー侯爵はバーバラに任せて、俺たちはもう行くぞ」

「あ！　は、はい」

彼に手を引かれて酒場を抜ける際、バーバラ様に声をかけられる。

「ウィリアム様、イザベラ、ありがとうございました」

ふんわりと微笑む彼女を見て、酔っ払いふたりはデレデレしていた。

そうして、私たちは彼らを尻目に、ざわつく店を出たのだった。

辻馬車を探して帰ろうと思っていたのだが、ウィリアム様は砂浜へと足を踏み入れた。

ざくざくと砂を踏みしだきながら、波打ち際へと近づく。

ふたりとも靴を脱ぎ、足を浸ける。夜の静かな海は少しだけ冷たい。

「ウィリアム様、海が綺麗ですね」

昼ならば、海はエメラルドブルーに輝いているのだろうが、今はコバルトグリーンの色を呈していた。海面に月をゆらゆらと映して幻想的だ。

「おい、イザベラ」

「はい、なんでしょうか？」

名を呼ばれたかと思うと、彼にぎゅっと抱きしめられた。

「ど、どうしたんですか、ウィリアム様⁉」

「お前は、海よりも美しい」

「え？」

ウィリアム様は熱っぽい瞳で私を見つめてくる。

「この世で一番可愛らしく美しい存在だ」

そう言われ、突如として口づけられる。重なり合った唇の間から、くちゅくちゅと音が立つ。

「イザベラ。俺の天使、いや、女神。愛している。もうどこにも行かないでくれ」

……ウィリアム様の様子がおかしい。

彼の逞しい両腕で横抱きにされる。

「今すぐお前を愛したい」

「え、今ですか⁉　ウィリアム様⁉」

「愛してる、俺のイザベラ」

私を横抱きにした彼は、私の頬に何度も口づけを落としながら砂浜を歩く。砂の上を裸足で歩むと、ざくざくと音がする。

「満点の星空よりも、お前の笑顔が美しい」

夜の海とはいえ、ちらほら人がいて、ちらちらと私たちを見ていた。彼らからすると、貴族がメイドを抱えながら何度もキスしている不思議な光景に思えるだろう。

「ウィリアム様、どこに行かれるんですか？」

「近くでふたりになれる場所だ」

見渡す限り、海と砂浜と岩場しかない。

「どこかで休めるお店に入られるのですか？」

岸を上がった先には店が建ち並んでいる。

「イザベラ、お前の声はまるで小鳥みたいだな。いつも俺の心を癒してくれる」

「ウィリアム様？　どこに入りますか？　それに、まずは下ろしていただけると――」

「美味しいオムレットを作ってくれる、この手が愛おしくてたまらない」

彼は、手にちゅっと口づけてくる。一歩進むたびに、私に向かって甘い言葉を投げかけてくるウィリアム様。

……どうしよう。話が全然噛み合ってない!!

私は息を呑んだ。愛する人から褒められて嬉しいが、たった一杯の酒で酔っ払ってしまったウィリアム様と、話が全く通じなくなってしまった。

気づけば、海岸沿いの人気のない岩場に辿り着いていた。

岩と岩の間に、私は連れ込まれてしまう。難破した船から流れてきたのか、地元の人が置いていったのかは分からないが、ちょうどいい塩梅の木の箱を見つけたウィリアム様は、そこに腰かける。

そうして、まるで赤ん坊をあやすように私の髪を優しく撫ではじめた。

「俺の可愛いイザベラ」

いつもちょっとだけ意地悪で命令口調の彼なのに、今はただただ優しく褒めてくるから、胸がドキドキして落ち着かない。

「お前の桜色の唇が綺麗だ」

「……んっ……」

彼の指が私の唇をなぞったあと、彼の顔が近づき、すぐに塞がれてしまう。そのまま黒いワンピースと白いエプロンで隠れているなだらかな丘を彼の指がなぞる。

「あっ……」

「このなだらかな輪郭は、まるで芸術品のように美しい」

服越しに、彼の大きな手が膨らみを包み、ゆっくりと動かしはじめた。

「あっ、ウィリアム様っ……外でなんて、誰が来るか……分からな……ああっ……」

必死に訴えるが、彼には私の声が届いていない。

ワンピースの釦を外され、ふるりと両方の乳房が顕わになった。

「美しい形は、さながら瑞々しい果実のようだ」

「褒めすぎ……です」

普段は少しツンツンした言い方のウィリアム様が、蕩けるような微笑みを浮かべ、熱っぽい瞳で言葉をかけてくる。

これでは抵抗が出来ないではないか。

そのまま彼の顔が胸に近づいてきたかと思うと、紅い実を食み、吸いはじめた。もう片方の手が、もう一方の実を弄る。

「ああっ……ゃあっ……ウィリアム様っ……」

快感が走り、腰が勝手に浮いてしまう。刺激を繰り返し与えられて、脚もビクンと跳ねてしまった。

ぴちゃぴちゃと彼が乳首を吸う音が、波の音にまじっては消えていく。

「あっ、ああっ、んっ……！」

「何度食べても、飽き足りない」

とにかく恥ずかしい台詞をウィリアム様は連呼してくる。

酔っている間のことは覚えているのか、忘れてしまうのか。

気にはなったが、酒に酔い熱に浮かされた彼に尋ねることは難しそうだ。

「んんっ……！」

彼の熱に押され、脚の間がむずむずと疼いて、お腹の奥がきゅうっと締まる。

じわじわと下着が蜜で濡れていくのを自分でも感じた。

「あっ、は、あ……」

彼の大きな手がスカートの中に侵入して、私の脚を下から上に大きく何度も撫でる。

触れられているだけなのに、いつになく優しい愛撫に、はあはあと息が漏れ出てしまう。

ここが海沿いで良かったと本当に思った。そうでなかったら、通りすがりの旅行者たちに声を聞かれていたかもしれない。

「イザベラ。お前の脚は、まるで小鹿のようにしなやかで、見ているだけでたまらなく触れたくなる」

スカートはいつの間にかお腹の位置までたくし上げられていた。

春の外気に晒された片脚をくの字に曲げられたかと思うと、脚指一本一本に彼が口づけを落としはじめる。

「イザベラの全てを俺のものにしたい、手も脚も指も全部」

そう言って脚先から太ももの内側にかけて、彼がちゅっと音を立てながら唇で吸い上げていく。

「あっ、あっんっ……」

「こんなにも俺を求めてくれているなんて――」

「きゃっ……！」

濡れた下着を見られる羞恥に耐えられず、私は視線を逸らした。

けれども、すぐに彼に対面するように座り直される。木の箱に座るウィリアム様に跨るような、大胆な格好になってしまっていた。

脚の間、硬い何かに気づいてしまう。

「今、ここでお前の中に入りたい」

彼は私にうっとりと告げた。

「ここで？　さすがにこれ以上は……んんっ……」

「イザベラ、もっと俺に、お前の顔を見せてくれないか」

彼はちゅっと私に口づけてきた。口の中をくちゅくちゅと舌でひとしきり弄ばれ、穏やかな波の音が響く中、淫秘な水音も鳴る。

「は……」

「んっ……んぅっ……あっ……」

一杯の酒で酔いしれたウィリアム様の瞳はとろんとしている。

「ウィリアム様、あの……気になってることがあって」

酔っ払って褒め上戸になっているウィリアム様には、もしかしたら私の声が届かないかもしれない。

だが、もやもやした気持ちを抱えたまま、ウィリアム様と繋がりたくなかった。

「どうしたんだ？　俺の天使。お前の問いなら、なんでも答えてやりたい」

天使のような微笑みを浮かべながら、彼は返事をしてくる。

「ジョンが言っていた話ですが――」

意を決して口を開いたのだが、そこで私は言葉に詰まる。

なんと彼の瞳から、ぽろぽろと涙が零れはじめたのだ。

ウィリアム様は褒め上戸なだけじゃなくて……と、先ほど介抱した酔っ払いたちの顔が浮かんだ。

「イザベラの愛らしい唇から、他の男の名前が出てくるなんて。やっぱり俺なんて、お前にとっては、チャーリーの父親でしかないんだ」

対面する彼の涙は止まらず、私は動揺してしまう。

「屋敷にいる頃、お前と対等な立場で話をするジョンがいつも羨ましかった。俺がどんなに『他の男とは口を利くな』と言っても、イザベラはジョンとは会話をしていたな。雨の中、あいつと一緒の傘に入っているお前を見たときの衝撃は計り知れなかった。今日の父上とバーバラの姿を見て、そのことを思い出して――」

酔っていて話が止まらないウィリアム様を遮って質問する。

「そうだったんですね。私がいなくなったあと、毎晩、ウィリアム様の部屋にメイドたちが押しかけていたというのは本当ですか？」

「……イザベラがいなくなったあと、出来心だったんだ」

涙ながらに訴えてくる彼の言葉に、ぎゅっと胸が締めつけられる。どうしてもショックを隠しきれない。

やはり、メイドたちと爛れた性生活を送っていたのだろうか。

ウィリアム様も男の人だから、仕方がないと頭では分かっていても心が追いつかない。

それに婚約者であったアイリーン様に対しても、失礼な態度だと思ってしまう私がいる。

なかなか次の言葉を話さない彼をしばらく待つ。

「そう、俺はイザベラの部屋に入って……」

「え？　……どういうことですか？」

ウィリアム様と話が噛み合わない。先ほど会話が成り立ったのは奇跡だったのだろうか。

しかし、話の内容が気になり、ドキドキしながら続きを待つ。

ウィリアム様の蒼い瞳が揺れ動いた。

「出来心だったんだ！　お前のメイド服に縋って泣いたのは……！」

「ええっ⁉」

予想外の話に驚いてしまう。

「しかも一度だけじゃないんだ。こんな気持ち悪い俺なんか、ジョンにお前の心を奪われたのだとしてもしょうがないな」

「……」

ウィリアム様は涙を流し続ける。

こんな状況であるにもかかわらず、メイド服に縋る彼も美しい絵画のような姿をしていたに違いないと考えてしまう。

それほど私は、ウィリアム様に心奪われてしまっているようだ。

「その……夜にウィリアム様のお部屋に押しかけてきたメイドたちは？」

「前にも言っただろう？ 俺は、イザベラ以外の女性を女性として認識したことがないんだ。何かあるはずがない」

蕩けるような瞳で、ウィリアム様は断言した。

酔った彼の本音だろう。

「学友たちにもよくからかわれたが、イザベラ、俺は生涯お前ただひとりで構わない」

熱っぽい眼差しで告げてきたあと、彼が私の唇を塞ぐ。

「ウィリアム様……ん……」

「イザベラ、俺の可愛いイザベラ、どうか俺を受け入れてくれないか？」

酔った美青年がいつになく甘い口調で声をかけてくる。

主の言うことを聞くというかつての癖に近いのか、はたまた大好きな彼の想いに応えたいのか。外だというのに私も大胆な行動に出てしまった。自分からメイド服のスカートをたくし上げてしまう。

……私ったら、こんな場所で……

そうしてウィリアム様の首にしがみつき、ぬるりとそびえたつ熱楔の登頂に、自身で花芯を当てた。そのまま自らゆっくりと腰を落とす。じゅぶじゅぶと剛直を蜜口が呑み込んでいく。

「……ああっ」

腰を落としていく途中、顕わになっていた乳房がふるりと揺れる。

「イザベラ……」

愛しい彼の全てを呑み込んだ蜜唇がひくひくと蠢く。

「お前からしがみついてくるのが、嬉しい。イザベラ、動いても良いだろうか」

直接的な表現に、大胆な気持ちになっている私はこくんと頷く。

彼に腰を掴まれ、身体を上下に動かされる。肉壁が肉棒によってぐちゅぐちゅと擦り上げられ、身体がびくびくと跳ね上がる。

「あっ、やあっ……！」

「イザベラ、綺麗だ……」

「あ……ウィリアム様っ、ダメです、そんな……ああっ……！」

だんだんと上下運動が激しさを増し、彼の首に腕を回して必死にしがみつく。身体が動かされるたびに、彼の髪が頬(ほほ)をかすめ、私の長い髪の先も揺れた。

酔っていてもいなくても、どんなときでも私のことを思ってくれているウィリアム様の愛はひどく熱くて激しい。

「あっ、はっ、あ、あ……」

「は……イザベラ……」

ウィリアム様の甘ったるい声音(こわね)に熱い吐息がまざる。私の浅い息と、交じり合っては溶けていった。

上向(うわむ)いた楔を呑み込む淫らな唇からは、だらしなく蜜が溢れ出す。潤んだ花襞が、ぎゅうぎゅうと熱杭を締め上げながら、ぐちゃぐちゃと音を立てていた。

投げ出された両脚が振り子のように揺れ動く。

「ウィリアム様っ……あっ、も、ダメ……」

「俺も果てそうだ」

何度も女性の芯を、彼の剛直の先端が突き上げて揺さぶってくるものだから、だんだんと頭がぼんやりとしてきた。

彼の壮烈な衝動に耐えるように、ぎゅっとしがみつく。

一度、彼に軽く口づけられたのが合図となった。

「ああっ……！」

私の全身に甘い痺れが駆け抜けた。ぶるりと震えたウィリアム様の上で、小さな悲鳴を上げながらガクガクと身体を痙攣させる。先ほどまで粘膜を蹂躙していた男根を締めつけながら、女唇がひくひくと動いた。

下腹部が一気に熱くなっていき、彼の昂った精を受け入れていく。

幸福感で全身が甘く痺れた。結合部からは精と愛液が溢れて滴り落ち、互いの大腿部を汚していく。

「はあ……あ……ウィリアム様」

「俺だけのイザベラ」

陶酔した眼差しで射抜かれ、どきんと胸が跳ねる。

精を放たれた直後だ。もうこれで終わりだろうと思っていたのに、まだ熱の残るウィリアム様の唇に、私の唇は塞がれてしまう。長い指が再び膨らみに沈み込んでくる。

「んっ……は……ふ……あっ……」

「イザベラ、お前の全てが愛おしい。お前の顔も髪も、瞳も唇も、感度の良い身体も全て。俺の指を沈み込ませる、弾力のある膨らみも、紅く尖った果実も全部」

抽象的な言い回しだが、意味が分かり恥ずかしくて仕方がない。

「はう……あっ、あ……あ……きゃっ……！」

快楽を与えられ続けている間に、また彼の象徴が肥大化していく。

驚いた私は彼の身体に絡みついてしまい、結合部がぐちゅんと鳴る。

「イザベラ、何度だって飽き足りない。俺に必死にしがみついてくる腕も脚も、呑み込んでくる下の唇も、全てを愛している」

まるで深い海のように愛されているのが分かる。熱っぽく訴えられ、私の胸はきゅうっと締まった。

月明かりの下、私たちは再び唇を重ね合う。

どんなときも、幼い頃からずっと、私のことだけを想ってくれていたウィリアム様。

これから先もずっとどんな願いでも叶えて差し上げたい。

そうして一晩中、甘ったるい囁き（ささや）と波の音を聞きながら、飽きることなく身体を重ね合ったのだった。

それから数時間後。夜明けも近くなってきた頃。

波が寄せては返す音が耳に心地よく響く中、ぐちゃぐちゃとした水音がまざる。

座るウィリアム様に跨ったまま、彼のプラチナブロンドの髪にしがみついた。

ガタガタと私の身体が揺れ動く。

「ああっ――――！」

もう何度目かは覚えていないけれど、今一度濡れた花壺の中へと精を解き放たれた。

そのまま向き合っているウィリアム様の上半身に、肩で息をしながら、しなだれかかる。メイド服は乱れに乱れ、汗や精や体液にまみれて、ぐちゃぐちゃになっていた。

対するウィリアム様も額に汗が滲み、前開きの白いシャツがぐっしょりと濡れてしまっている。

「も……限界です……ウィリアム……様……っ……」

夜通し、話が通じる状態ではなかった彼だが、時間が経つにつれて酒が抜けてきたのだろう。蒼い瞳に精彩が戻ってきた。

「イザベラ？　俺はいったい……？　確か、失踪したテイラー侯爵を捜して……」

はっとした彼は、周囲をきょろきょろ見回している。そうして、乱れた格好の私に気づいて動揺しはじめた。

「イザベラ、お前はなんて格好になって」

「ひゃっ……！」

彼が身体をよじると、ふたりの繋がり合った場所がぐちゅんと鳴る。

彼は息を呑んだ。どんどん顔色が悪くなっていく。

「俺は、そうだ……確かテイラー侯爵に酒を勧められて……イザベラ、悪かった。俺はなんてことを……飲めないわけじゃないんだが、あぁ、穴があったら入りたい」

落ち込んでいるウィリアム様の額に貼りついた髪を払いながら、私は告げる。

「ウィリアム様、気にしてません。チャーリーをアイリーン様たちに預けたままにしてしまっているのは良くないですが、こんなに一晩中愛されたのは、初めてのとき以来で懐かしかったです」

彼は愛おしそうに私のことを抱きしめてくるが、同時に悔しそうな表情をした。

「イザベラ、もっと正気なときに、お前を抱きたかった……しかも、チャーリーを放って悪い親の見本のようになってしまった。急いで帰ろうか。観光客が増える前が良いだろう」

私たちが身体を引き離そうとしたとき、浜辺から聞き覚えのある声が聞こえてきた。

岩陰から砂浜を覗くと、バーバラ様とテイラー侯爵様の姿が見える。

ウィリアム様と私は一度顔を見合わせたあと、彼らの様子をこっそり見守ることにした。

「約束を覚えてくださっていたのですね、ゴードン」

無表情のバーバラ様が呟く。

「バーバラ、ああ、忘れるわけはない。当時、戦地で親友を失い落ち込んでいた私を休養させるため、父上がこの地に連れてきてくれたんだった。使用人だったお前もついてきていたな。そのとき酒場で荒れ狂い、酔いつぶれていた私のことを迎えに来てくれたのはお前だった」

どうやらテイラー侯爵様も酔いから醒めたようだ。

話から察するに、もともと黒豹と評されるぐらいには、若い頃の彼は尖っていたのかもしれない。

テイラー侯爵様は続けた。

「君の優しさに触れて、バーバラを愛するようになったのだ。いつかまた同じこの海で夜明けの空を見ながら、君に想いを伝えると約束したね」

バーバラ様は押し黙ったままだ。

「イザベラが私の娘だと明かしてくれてからずっと、私の屋敷に来るように何度も伝えているが、君は首を横に振るばかりだ。昨日もそうだった。だけど、私が約束を果たすことを望んでいると言ってくれた」

さらに、テイラー侯爵様は語りかける。

「昔のように君と向き合わずに、失いたくはないんだ。なぜ来てくれないのか、教えてもらえないか?」

バーバラ様はゆっくりと目を伏せる。

「もう私は若くはありません。同じ年頃の女性たちの中には、まだ子どもを産んでいる人も多いです。けれども、娘が結婚して、孫が生まれるくらいには年をとってしまいました。今さら年甲斐もなく、昔の恋を成就させようなどと望んではいけないのではと思ったのです」

「年齢など気にする必要はない。バーバラ、君は若い頃から何も変わっていない。いや、冷静沈着(れいせいちんちゃく)な女性にはなったが、あの頃の優しさはそのままだ。それに、美しさは以前よりも増している」

「年や容姿の問題だけではありません。夫人の件もございます」

「妻は、私を君に託したのだろう?」

「ええ、そうです。彼女からあなたを託された責任がある。ですが、いくら遠い先祖に貴族がいるといっても、私には立派な血筋などございません」

「身分など気にする必要はないんだ。君がそばにいてくれれば、私はそれだけで幸せなんだ」

そう言ってテイラー侯爵様がバーバラ様を抱き寄せた。

「……ゴードン」

そっと彼女も彼の背に恐る恐る手を回す。離れていた時間を埋めるように、ふたりは抱きしめ合う。

長年すれ違っていたふたりが心を通わせる姿を、月と太陽が同時に見守っていたのだった。あれだけ身分に固執していたテイラー侯爵様の考えの変化に、私の心は温かくなった。

「俺たちは別荘に帰ろうか、イザベラ」

「はい、ウィリアム様」

そうして、こっそりと海岸をあとにしたのだった。

我々が別荘に戻る頃には、すっかり太陽が顔を出していた。

フィリップさんとアイリーン様が私たちを出迎えてくれる。子どもたちはすやすや眠っていたそうで、問題はなかったらしい。

「お父様たち、うまくいったのね」

「はい、無事に見つかって本当に良かったです」

「……イザベラ、ウィリアム様と仲直りしたようで良かったわ」

「え？」

そう耳打ちして微笑むアイリーン様は、今回の一件について説明する。

「実は、ジョンがミルクを届けに来てくれたときに、『イザベラの前で、ウィリアム様の部屋にメイドがどうの、という話をうっかりしてしまった』と話してたの。それと、お父様の部屋にあった手紙というのは、おそらく昔、バーバラ様がお父様に宛てたものだと思うわ」

私たちの不穏な空気に気づいたアイリーン様は、機転を利かせ、テイラー侯爵様の捜索を頼んだそうだ。

ウィリアム様に対しての誤解がとけたのも、彼女のおかげと言えるだろう。

フィリップさんは欠伸（あくび）をしたあと、ウィリアム様に声をかける。

「問題は解決したわけだし、どうだいウィリアムの坊ちゃん、今夜は酒場でオレと飲まないか？」

「断る」

「なんだ？　貴族様は、労働者階級の人間とは酒は飲めないってのか？　それともあれか、まさか下戸なのか？」

「全く飲めないわけじゃない！　だが、断る！」

しばらくウィリアム様はフィリップさんに酒の話題でからかわれそうだ。私とアイリーン様は、そんな彼らを見て微笑んだのだった。

別荘に滞在して数日後、新婚旅行が終わりを迎える日がやってきた。

帰る直前、家族三人で潮風に当たりながら砂浜を歩いていた。

夫婦の間をよちよちと歩くチャーリーと、ウィリアム様の金の髪が陽に反射して輝く。

こうして親子三人で、砂浜を歩けるとは、なんて幸せなことだろうと胸が打ち震える。

「おい、イザベラ」

「はい、なんでしょうか？」

「少しだけドタバタしたが、悪くない新婚旅行だったな」

ウィリアム様は天使のような微笑みを浮かべていた。

「はい、そうですね。今度は四人で来ましょう」

「四人？　相変わらず不思議なやつだな」

不思議そうな顔をしたウィリアム様に向かって、私は自分のお腹をそっと撫でながら、ふふふと笑い返した。

「改めて言うのも気恥ずかしいが……チャーリー、お前のおかげで俺とイザベラは結婚することが出来た。お前がいなかったら、きっと家族三人でこうやって過ごせてなかっただろう」

チャーリーを片腕で抱き上げ、穏やかな口調でウィリアム様は続ける。

「お前がいてくれたから、俺は勇気を出せたし、イザベラも素直になってくれたんだ。本当にお前は、天からの授かりものだよ。チャーリー」

チャーリーはきゃっきゃと笑う。

「ぱぁぱ、まぁま」

「「えっ！　今」」

嬉しそうに私たちのことを呼んだ。

夫婦で顔を見合わせ、笑みが深まる。

「お〜い、ウィリアム、イザベラ、チャーリー！」

遠くでブルーム伯爵様が私たちを呼んでいる。

彼の後ろには、寄り添い合うテイラー侯爵様とバーバラ様が並んでいた。

近くでは、フィリップさんとアイリーン様が、ベティちゃんと楽しそうに遊んでいる。

「おい、イザベラ」

「はい、なんでしょうか？」

ウィリアム様が私にそっと口づけてきた。チャーリーに隠れて、皆からは見えてはいない。

柔らかな唇が離れたあと、優しい声音で彼は告げる。

「これから家族皆で幸せになろう。いや、幸せにする。愛してる、イザベラ」

授かった子どもが、すれ違っていた家族の縁を紡ぎ直してくれた。

そうしてまた新しい家族の形へと変わっていく。

生きていたら、大なり小なり困難が待ち受けているだろう。

ひとりでは乗り越えられない壁も、誰かと一緒なら乗り越えられる。誰かを頼るのは恥ずかしいことじゃないと、素直になって良いと教えてくれたのは、夫と愛息だ。

「私も愛しています、ウィリアム様」

ウィリアム様は顔を真っ赤にしながら微笑んでいた。

「さあ、行こう、イザベラ」

差し出された彼の手に、私は手を重ねる。

家族三人――いや、大家族全員の幸せな時間が、これから待っている。

希望を孕んだ潮風が、私たち皆を祝福するように吹き抜けていったのだった。

書き下ろし番外編

ウィリアムからの手紙【過去編】

ウィリアムがパブリックスクールに入学してすぐの頃。

学生寮の一室。

机の前で、伯爵令息ウィリアム・ブルームは、一通の手紙を手に歓喜しつつも苦悩していた。

(イザベラから手紙の返事がきたが、返事の内容に悩むな)

ウィリアムは、今年の秋から、全寮制のパブリックスクールへと入学している。

貴族の子息たちとの交流を深めるためにも必要なことだし、屋敷の中で過ごすだけの日々にも辟易(へきえき)していた。寮生活で使用人たちの手を借りず、学友の皆と協力し合いながら過ごす毎日はとても新鮮なものだった。

けれども、ひとつだけ気がかりなことがあった。

(イザベラは俺がいなくても大丈夫だろうか?)

ウィリアムが心配しているのは、幼い頃に拾った孤児の少女イザベラのことだった。

飴色（あめいろ）の艶やかな長髪、丸い瞳、小動物のような愛らしい顔立ちの持ち主で、使用人としてブルーム伯爵家に住み込みで働いている。ウィリアムよりも三歳年下なのだが、年の割には大人びていて、他のメイドたちよりも仕事をてきぱきと丁寧にこなす。彼女がベッドメイキングをしてくれたあとは寝心地がすごく良いし、得意の卵料理はふんわりまろやかな舌触りで口の中から幸せが広がっていくようだ。

けれども、年相応の幼いところがまだ残っている。

例えば、仕事終わりにぼんやりして隙を作っては、男性の執事や馬丁に絡まれている。

（今日も屋敷で他の男たちに絡まれていないだろうな）

だがしかし確かめる術（すべ）は存在しない。

ウィリアムは、頭を抱（かか）えながらため息をついた。

実の妹のように思っているイザベラ。

（もっと小さい頃は、夜になると『チャーリーの冒険』の絵本の読み聞かせを、俺にせがんできていたな。最近はそれもなくなっていたし、あいつも大人になったということだろう）

けれども、そこでウィリアムはとある事実に行きついた。

（まさか、俺以外の男に頼んだりしてないだろうな）

イザベラが他の男性と一緒に楽しそうに過ごす場面が、脳内に浮かんでは消えていく。

「いいや、イザベラには俺以外の他の男とは極力口を利かないように言いつけてある。送った手紙にも書いておいた。だから、大丈夫だ」

ウィリアムは百面相のあと深呼吸をすると、もう一度手紙に目を通そうと便箋に手をかける。

瞬間。

バタン！

背後の扉が大きな音を立てて開いた。

「ウィリアム！」

室内に快活な声音が響く。

「リカルド」

現れたのは、学友で同室のリカルド・ノーマン伯爵令息だった。赤みがかった鳶色の髪に、切れ長のエメラルドグリーンの瞳、左瞼には泣き黒子がある。愛嬌のある甘いマスクの長身の美青年。割と悪ノリするタイプの人物だが、生真面目なウィリアムとは意外と気が合った。

「それで、ウィリアム、何をそんなに険しい表情をしていたんだよ?」

リカルドに勢い良く肩を抱き寄せられると、ウィリアムは手紙をうっかり落としかけた。

「肩を抱くな、近い」

「まあ、そう言うなって。険しい顔して手紙を眺めているから元気出してもらおうと思ってさ」

「男に抱き寄せられても喜びはしない」

「じゃあ、女の子なら良いのかよ?　お前も俗だな」

「そうは言ってないだろう!」

ウィリアムがムキになって腹を立てていると、リカルドがカラカラと笑った。

「元気になったみたいで良かった、良かった」

ウィリアムは咳払いをすると、気になっていることを尋ねた。

「リカルド、お前、いつから俺のことを見ていた?」

「ええっと、さっきだよ」

「そうか、なら良かった」

だとしたら、先ほどの発言はリカルドの耳には入っていないだろう。

ウィリアムは高をくくっていたのだが……

「まあでも、ドアが開いていたぞ。とは言えだ、他の男とのお喋りを制限するのは、やりすぎじゃないか？　せっかくお前は美人でなんでも出来る男に生まれたんだから、もっと自分に自信持てって」

（リカルドに話を聞かれていたようだな）

心の声を口に出すべきではなかったと思うが、後の祭りである。

ウィリアムは羞恥に駆られながら、両手で頭を抱え込んだ。

「それで？　よく口にする恋人のイザベラちゃんって子の話か？　俺の妹のジェーンぐらい可愛いんだろうな。一回見せてくれよ、写真はないのか？」

リカルドは何も気に留めた様子はなく、相変わらず歯を見せて笑っていた。

ウィリアムは顔を真っ赤にしながら抗議する。

「イザベラは恋人なんかじゃない」

「だったら、好きな女の子か？」

「違う、恋人でも好きな女でもない、イザベラは使用人だ」

ウィリアムは知らぬうちに語気が強くなってしまった。

「使用人、ねえ」

リカルドの言葉には険があった。

（まずい、今日の俺は喋りすぎだ）

この時代、使用人に手を出す貴族は多いが、対等な情愛を持って接する者は異端者のように扱われる。ましてや、使用人と結婚した貴族に至っては、社交界で爪弾きにされる始末だ。

（リカルドは人を差別するようなタイプではないと思っているが……）

貴族と接していたら分かる。一筋縄ではいかない者たちが多くを占めていることに。だとしたら、出会って数ヶ月しか経っていないリカルドに対して心を開きすぎたかもしれない。

「イザベラは、俺にとっては妹みたいなものなんだ。使用人相手に抱く感情じゃないかもしれない、貴族としてはまずい考えかもしれないが……」

ウィリアムはぽつぽつと思いを口にした。

「使用人相手に情が湧くなんて、優しいウィリアムらしいじゃないか」

リカルドの反応を耳にして、ウィリアムの表情が一気に明るくなった。

「そうか、そんな風に言ってもらえるとはな」

「妹みたいな使用人か、実妹じゃないなら別に身分差なんて、どうでも良いんじゃないか？」

ウィリアムにはリカルドの反応が想定外続きだった。

「ウィリアム、いずれにせよ、束縛はあんまりしない方が良いって思うけどな」

遠い目をしていたような気がしたリカルドだったが、すぐに屈託なく笑った。

「リカルド、それもそうだな、肝に銘じておくよ」

「ああ、そうしておけって。お前、老若男女問わずにモテるし、人当たりも良いけど、本命相手には素直になれないタイプみたいだから心配になるな」

「俺のことは放っておいてくれ。お前の方こそ、女性関係はどうなんだ？　この間もお針子学校の女性から手紙をもらっていたみたいじゃないか？　そろそろ結婚相手の話が上がりはじめてもおかしくはない頃だろう？」

ウィリアムは同家格のリカルドの結婚相手について興味があった。

「結婚ね、あんまり先のことは考えたくはないし、この間の子も可愛かったけど、俺の妹に比べたら好みじゃなかったな」

リカルドは頭の後ろで手を組みながら飄々と答えた。

「よほど妹御が大切なようだ」

「もちろん」

ウィリアムには、リカルドの笑顔が眩しかった。

「ウィリアムはどうだ？」

今度は自分が答える番のようだ。相手にだけ答えさせて自分は何も答えないのはフェアじゃない。

「俺か？　そうだな、いつかは家のために結婚しないといけないんだろうな」

ウィリアムは窓の外を眺めながら返事をした。

そう、貴族同士の家の繋がりを強固なものにするために結婚は存在しているのだ。

だけど、こんなときにも、頭に浮かんでくるのは、ひとりの少女。

（なんでイザベラの顔がここで浮かんでくるんだ）

もしかすると、リカルドに恋人かどうか問われたせいかもしれない。

幼い頃に拾って以来、ずっと一緒に過ごしてきた。

彼女は孤児だ。自分とは身分の差がある。だから、結婚相手に選ぶことは許されない。

（俺はイザベラのことを家族のように思っているんだ）

何かが喉元までせりあがってきた気がしたが、ぐっと呑み込んだ。

「そうか、お前は貴族としての覚悟が決まっているんだな。色々と割り切っている。生真面目だからかな、羨ましいよ」

リカルドが少しだけ寂しそうに微笑んだ。

ドクン。

ウィリアムの胸の内を焦燥が駆ける。

本当に自分は色々と割り切ることが出来ているのだろうか?

自分はそんなに器用な人間ではない。

(俺の方こそイザベラがいる前で、他の女性に……妻になる相手に対して優しくしたりするような器量は俺には……)

そこまで考えて、ウィリアムは心の中で優先してしまっているのが誰か、それに気づかされてしまった。

「違う、イザベラは家族なんだ」

ウィリアムの呟きが聞こえたのか、リカルドが軽口を叩いた。

「まあ、良いじゃないか。いざとなれば、愛人にするとかさ?」

「愛人だなんて、使用人とはいえ、女性のことをなんだと思っているんだ」

ウィリアムが眉をひそめる様子を見て、リカルドが目を眇めた。

「へえ、やっぱり真面目なやつだな。俺と価値観が合いそうだ。人を道具みたいに扱う貴族が多いからさ。だったら、貴族だなんだに縛られず、周囲の目なんか気にせずに結婚すれば良い」

「ダメだ、貴族の責務を果たさないといけない。そうしないと、民の規範となるべく貴族として生まれてきた意味がない！」

ウィリアムは自身の大声で正気に戻った。

思いがけず声を荒らげてしまった事実を恥じる。手先が冷たくなって、じんと痺れていたので、ぎゅっと拳を握って誤魔化した。

「悪い。お前が真面目なやつだってこと、すっかり忘れていたよ」

リカルドはからかいすぎたと思ったのかもしれない、頭を下げてきた。

ウィリアムも先ほどの振る舞いを謝罪する。

「いいや、こちらこそすまない」

リカルドは快活に笑った。

「ウィリアムは難儀な性格だな。色んなやつらに優しいことを悪いこととは思わないが、あんまり自分の心を蔑ろにしすぎるなよ、いつか限界がくる」

「心に留めておくよ」

リカルドに指摘されて、ウィリアムは自身を省みた。

母亡きあと、父ブルーム伯爵からは民の手本にならないといけないと厳しく躾けられてきた。

（父上は、伯父上の件があるからか、「貴族らしい貴族」にこだわりがある人だ）

ウィリアムの伯父に当たる人物が、本来はブルーム伯爵位を継いで当主になるはずだった。だが、若い時分に出奔してしまったため、ウィリアムの父が嫡子ではなかったにもかかわらず、伯爵位を継ぐことになったのだ。

その際に、ブルーム伯爵はもともと実兄の婚約者だった女性と結婚することになった。その女性こそが、他ならぬウィリアムの母親だ。

（母上が病気で辛そうなときにも、父上は仕事三昧で帰ってきてはくれなかった。父上からすれば、人生の歯車が狂ったと嘆いているのかもしれないな）

ウィリアムからすると、父との心の距離がどうにも遠い気がして仕方がなかった。

リカルドが明るい調子で声をかけてくる。

「詫びに何かするよ」

ウィリアムは顔を上げると即答した。

「結構だ。何かよからぬことになりそうだ」

「よからぬって、お前、案外失礼なやつだな。俺の気持ちを軽くするためだって思ってさ、何か適当に言いつけてくれよ」

「そうか、そうだな。だったら……リカルド、お前には妹がいたんだったな？」

「俺の妹を紹介しろとかいう話は受け付けていない」

　リカルドは即答した。

「そんな話はしていないさ」

「本当か？」

「本当だ」

　どうにもリカルドは妹の話になると執拗になる。

「だったら、リカルドの妹御が好きな本を教えてくれないか？」

「ジェーンの好みで良いのか？」

「ああ、同い年ぐらいだろう？　それぐらいの年の頃の女子が読む本を知りたいんだ」

「へえ、教えてやっても良いが、イザベラって子、使用人だけど字が読めるんだな」

「ああ。そうだ。イザベラは覚えが早いんだ」

　ウィリアムの蒼い瞳が爛爛と輝いた。

　ウィリアムの教えの賜物なのか素質が良いのかは不明だが、イザベラは読み書きがスラスラ出来る。そのことを、まるで我が事のように誇らしく思っていた。

「イザベラにはもっと色々と教えてやりたかった。最新の本を送ってやるんだ」

「じゃあ、今度の冬季休みに俺の屋敷に行って直接聞いてくれよ」

「別にお前の屋敷に行くのは良いが、すぐに送りたいから、良かったらお前が覚えている範囲で教えてもらえないだろうか？」

「そうか、だったら……」

リカルドからタイトルを聞くと、ウィリアムはさっそく書店へと走った。

イザベラが喜ぶ顔を思い浮かべながら、書物を選ぶのは楽しかった。

ふと、手紙の内容が浮かんできたので反芻（はんすう）する。


——私が、ブルーム伯爵家に拾ってもらって数年の月日が経ちました。

いつまで経っても迎えに来てくれないお母さんよりも、ウィリアム様たち伯爵家の方々と一緒に暮らしている時間の方が長くなってきています。

最近になって少しだけ悩みが出来ました。

ウィリアム様が学校に通うようになって会う時間が減ったことです。

外の世界を知ったウィリアム様が、どんどん違う人になっていくような錯覚に陥ってしまいます。

それに、まるで自分だけが屋敷の中に取り残されてしまっているかのよう。

使用人仲間だっているんだし、もちろんそんなことはないのですが。

私に意地悪をしてくる使用人たちは、気づいたらいなくなっていました。

ブルーム伯爵様も私のことを可愛がってくれますし、使用人仲間との関係だって良好です。

だけど、寂しさでぽっかり穴が開いてしまったような感覚を、どうしても拭い去ることは出来ません。

私のワガママだとは分かっていますが、またウィリアム様に早いうちに帰ってきてもらいたいです。

どうかウィリアム様が良い学校生活を送ることが出来ますように。

イザベラ――

＊＊＊

私イザベラはブルーム伯爵家で仕事に精を出していた。

洗い立てのシーツを取り込むとき、お日様の匂いを嗅ぐと、ある種の達成感があった。

「今日も気持ちが良いわね」

シーツを抱えながら屋敷の中へと戻ると、家政婦長のバーバラ様から声をかけられた。

「イザベラ、伯爵様があなたを捜していましたよ」

厳格な見た目の女性だ。長い髪を頭の上できっちりまとめ上げ、背筋をすっと伸ばしている。眼鏡のつるを指先で上げながら、キリリとした口調で告げてくる。

「バーバラ様、伯爵様が私を呼んでいるのですか？」

「ええ、今言った通りです。庭にいらっしゃったと思います。そちらのシーツを畳むのは私がやっておきましょう」

「ありがとうございます」

バーバラ様がシーツを引き取ってくれたので、私は庭先へと飛び出した。

淡い桃色の薔薇の花壇の前、ブルーム伯爵様は立っていた。彼の手には一輪の薔薇。

(亡くなった奥様が好んでいた花だわ)

私の気配に気づいたのか、ブルーム伯爵様がこちらを振り向いた。

「ああ、イザベラ、ウィリアムから手紙がきているんだよ」

「ウィリアム様からですか？」

「ああ、そうだ」

ブルーム伯爵様がスーツの内ポケットから一通の手紙を取り出した。普段の手紙に比べると分厚かった。

「伯爵様、ありがとうございます」

「ああ、そうだ。イザベラ。私もお前のことは家族のように思っている。だが、他の使用人たちの手前、特別扱いしてやるわけにはいかない。すまないな」

「いいえ、そう言っていただけるだけで、私は果報者です」

それだけ言い残すと、私は急ぎ足で部屋へと戻った。

「ウィリアム様、なんて書いてくださっているのかしら？」

彼らしい几帳面な字体が躍っている。

——親愛なるイザベラへ
ちゃんとお前が食事をとっているのか心配だ。
お前がおかしな真似をしていないか、いつも気が気じゃない。
どうか俺に心配をかけるような行動だけはよしてくれ。
俺はといえば、スクールでリカルドという学友が出来た。
今度屋敷に連れ帰ったら、お前にも紹介しよう。
お前の手作りの菓子でもてなしてほしいが、卵料理は俺だけのものだから、リカルドには出す必要はないし、紹介のとき以外は無理して喋る必要もない。無視しろ。

　そういえば、字がだいぶ書けるようになったな。

　昔と比べたら、文章でちぐはぐなところもなくなってきた。

　ちゃんと読んでやるから、また手紙を送ってくれ。

　ウィリアム——


　私はクスリと微笑んだ。

「ウィリアム様ったら、相変わらずね」

　私に対してだけ、少しだけ高慢な物言いをするウィリアム様。

　自分にだけ打ち解けてくれている証のようで嬉しかった。

「手紙と一緒に何か入っているみたい」

　どうやら本が入っているようだ。封筒に入るぐらい薄く小さいサイズだ。

「ウィリアム様からの新しい本だわ。いったいどんな本なのかしら？」

　今は装丁の裏側しか見えていない。

　ひっくり返してみて、私は目を真ん丸にしたのだった。

＊＊＊

ウィリアムは授業を受けながら、窓の外の青空を眺める。

(イザベラに手紙が届いた頃だろうか？　リカルドの妹が読んでいるという本。イザベラが楽しんでくれていたら嬉しいがな)

リカルドは授業中だが背伸びをして、教師に叱られていた。

(屋敷に帰ったら、イザベラにスクールの話をしてやらないとな)

心が弾む。

ウィリアムが使用人の彼女に対して家族以上の情愛を抱いていることに気づくまでに、もうそんなに時間はかからないはずだ。

だがしかし……

リカルドが紹介してくれた本の内容が、パブリックスクールでの男子学生同士の恋物語の小説で……

イザベラから『ウィリアム様男色疑惑』が上がっているとは、ウィリアム本人は知る由もなかったのだった。

本書は、2022年6月当社より単行本として刊行されたものに書き下ろしを加えて文庫化したものです。


この作品に対する皆様のご意見・ご感想をお待ちしております。

おハガキ・お手紙は以下の宛先にお送りください。

【宛先】

〒150-6019 東京都渋谷区恵比寿4-20-3 恵比寿ガーデンプレイスタワー19F
（株）アルファポリス　書籍感想係

メールフォームでのご意見・ご感想は右のＱＲコードから、
あるいは以下のワードで検索をかけてください。

ご感想はこちらから

アルファポリス　書籍の感想　検索

子どもを授かったので、幼馴染から逃げ出すことにしました

おうぎまちこ

2025年4月30日初版発行

文庫編集－斧木悠子・森 順子
編集長－倉持真理
発行者－梶本雄介
発行所－株式会社アルファポリス
〒150-6019 東京都渋谷区恵比寿4-20-3 恵比寿ガーデンプレイスタワー19F
TEL 03-6277-1601（営業）　03-6277-1602（編集）
URL https://www.alphapolis.co.jp/
発売元－株式会社星雲社（共同出版社・流通責任出版社）
〒112-0005 東京都文京区水道1-3-30
TEL 03-3868-3275
装丁イラスト－さばるどろ
装丁デザイン－AFTERGLOW
（レーベルフォーマットデザイン－團 夢見（imagejack））
印刷－中央精版印刷株式会社

価格はカバーに表示されてあります。

落丁乱丁の場合はアルファポリスまでご連絡ください。

送料は小社負担でお取り替えします。


ISBN978-4-434-35666-7 C0193